KB028134

# 메난드로스 희극

메난드로스 희극

—

제1판 1쇄 2014년 2월 25일

—

지은이–메난드로스

옮긴이–천병희

—

펴낸곳–도서출판 숲

등록번호–제396–2004–000118호

주소–경기도 고양시 일산동구 백석동 1329 밀레니엄리젠시 1203호

전화–(031) 811–9339 팩스–(031) 811–9739

E–mail–booksoop@korea.com

—



ISBN 978–89–91290–55–6 93890

값 18,000원

—

디자인–씨디자인

—

잘못 만들어진 책은 구입하신 서점에서 바꿔드립니다.

—

이 도서의 국립중앙도서관 출판시도서목록(CIP)은 서지정보유통지원시스템 홈페이지(http://seoji.nl.go.kr)와 국가자료공동목록시스템(http://www.nl.go.kr/kolisnet)에서 이용하실 수 있습니다. (CIP제어번호: CIP2014004791)

# 메난드로스 희극

메난드로스 지음 | 천병희 옮김

# 서양 근대 희극의 아버지, 메난드로스

**옮긴이 서문**

아테나이(Athenai)의 중기 희극과 신희극(新喜劇)의 작가 대부분이 그곳에 정착한 외지인들인 데 반해 메난드로스(Menandros 기원전 344/3~292/1년)는 아테나이의 유복한 가정에서 태어났다. 메난드로스는 철학자 아리스토텔레스(Aristoteles)의 제자이자 후계자인 테오프라스토스(Theophrastos 기원전 370년경~287년경)와 희극작가 알렉시스(Alexis 기원전 372년경~270년경)에게 배웠으며, 또다른 철학자 에피쿠로스(Epikouros 기원전 341~270년)와 같이 군 복무를 했다.

메난드로스는 기원전 323/2년에 데뷔하여 약 30년 동안 100편이 넘는 희극을 썼는데, 그중 더러는 아테나이의 축제가 아니라 지방 축제나 그리스의 다른 도시에서 공연된 것으로 추정된다.

메난드로스는 희극 경연에서 8번밖에 우승하지 못했는데, 훗날 그 이름이 잊히다시피 한 필레몬(Philemon 기원전 368/60~267/63년)보다도 적게 우승했으니 상복(賞福)은 별로 없었던 것 같다. 이와 관련하여 로마의 풍자시인 마르티알리스(Marcus Valerius Martialis 기원후 40년경~102년경)는 "극장은 메난드로스에게 갈채를 보냈으나 그가 영관을 차지하는 일은 드물었다"고 쓰고 있다(5. 10). 로마의 수사학자 퀸틸리아누스(Marcus Fabius Quintilianus 기원후 35년경~100년경)도 메난드로스는 살았을 때보다 죽은 후에 더 큰 명성을 누렸다고 말하고 있다(『수사학 강의』(*Institutio oratoria*) 3. 7. 18). 그는 이 책에서 메난드로스에게 네 개 장(章)을 할애하고 있는데, 호메로스(Homeros) 외에 어느 누구에게도 한 개 이상의 장을 할애하지 않았다는 점을 고려할 때—비극작가 에우리피데스(Euripides)에게만 두 개 장을 할애했다—그가 그리스 로마의 작가들 중에서 메난드로스를 얼마나 높이 평가했는지 알 수 있다.

로마의 정치가이자 저술가인 아우소니우스(Decimus Magnus Ausonius 기원후 310년경~393년경)도 손자에게 먼저 호메로스와 메난드로스를 읽기를 권하고 있다(『서간집』*Epistula* 22. 45 이하). 한 걸음 더 나아가 알렉산드레이아(Alexandreia 라/Alexandria) 시의 도서관장을 지낸 뷔잔티온(Byzantion) 출신 학자 아리스토파네스(Aristophanes 기원전 257년경~180년)는, 메난드로스를 그리스 시인들 가운데 호메로스에 버금가는 작가로 평가한다(『그리스의 명문[銘文]들』 *Inscriptiones Graeca* XIV. 1183).

메난드로스의 작품들은 현재 97개 정도의 제목이 알려져 있는데, 그중 일부는 그의 사후 재공연(再公演)될 때 붙여진 다른 이름으로 추정된다. 그의 작품은 기원후 7~8세기에 없어졌는데, 메난드로스의 희극들이 고전 앗티케어(Attike語)가 아니라 훗날의 공용어(公用語)인 코이네(Koine)에 가까운 앗티케어로 씌어졌다는 이유에서, 뷔잔티온 학교들의 교과과정에서 제외되면서 파피루스에서 양피지로 전사(轉寫)되지 못하고 산일(散逸)되었기 때문이다.

하지만 20세기에 들어 이집트에서 잇달아 파피루스가 발견됨으로써 메난드로스 희극들 가운데 『심술쟁이』는 거의 온전히 복원되고, 그 밖에 『중재 판정』, 『사모스의 여인』, 『삭발당한 여인』, 『방패』(*Aspis*), 『농부』

(*Georgos*), 『아첨꾼』(*Kolax*)도 줄거리를 알 수 있을 만큼 복원되었다.

지금까지 발견된 메난드로스 작품들의 파피루스들은 호메로스와 에우리피데스 다음으로 많은데, 이러한 사실은 메난드로스가 헬레니즘 시대에 인기 작가였음을 말해준다. 파피루스들이 발견되기 전까지 메난드로스는 900편이 넘는 인용문들에 의해 알려져 있었는데, 그중 상당수는 금언적인 성격을 띠고 있어 도덕적으로 지나치게 진지하고 엄격하다는 느낌을 준다. 이 인용문들은 매우 인기가 있어서 사도 바울도 "나쁜 동무가 좋은 습성을 망친다"(「고린도전서」 15장 33절)라는 그의 문구를 사용하고 있다. 그러나 이 유명 문구들은 상당수가 반어적으로 말해진 것으로 생각된다. 이를테면 "신들이 사랑하는 사람은 젊어서 죽는다"라는 문구는 어떤 노인에게 한 말이고, "나는 인간이며, 따라서 인간적인 것은 그 어떤 것도 내 관심 밖이라고 생각지 않소"라는 문구는 어떤 참견꾼이 말하고 있으니 말이다.

메난드로스 희극들의 무대는 주로 당시의 아테나이 또는 앗티케 지방이다. 줄거리는 대체로 부유한 가정의 사생활, 그중에서도 애정 문제를 다루고 있지만 언제나 그런 것은 아니다. 예컨대 『심술쟁이』에서는 크네몬(Knemon)의 인간 혐오가 소스트라토스(Sostratos)의 연애 사건보다 비중이 더 크다.

메난드로스 희극들은 당시의 실생활보다는 오히려 무대 위에서 더 흔히 볼 수 있는 특징들을 담고 있는데, 버려지거나 주워온 아이들, 장신구들에 의한 발견, 야간 축제에서의 양갓집 규수의 납치, 우연의 일치 등이 이에 속한다. 등장인물들의 경우에도 수다스럽고 잘난 체하는 이발사, 허풍떠는 군인, 노발대발하는 아버지, 교활하면서도 비겁한 노예, 마음씨 고운 창녀 등 상투적인 인물들이 자주 나온다. 하지만 그들에게는 상투적인 인물들이 보여줄 수 없는 다양성과 생동감이 있으며, 또한 그들의 발언은 적절하고도 타당하다.

메난드로스 희극들의 플롯은 복잡하기는 하지만 언제나 교묘하게 짜여 있어 손에 땀을 쥐게 하며, 대화는 발 빠르고 재치와 기지가 넘친다. 이렇듯 군더더기가 없다는 점에서 메난드로스는 최소의 투자로 최고의 효과를 산출할 줄 아는 가장 경제적인 극작가라고 할 수 있다. "오! 메난드로스와 인생이여, 그대들은 어느 쪽이 다른 쪽을 모방했는가!"(Syrianus' commentary on Hermogenes, Ⅱ p. 23 Rabe)라는 뷔잔티온 출신 아리스토파네스의 발언은, 메난드로스 희극들의 줄거리와 등장인물들이 자연스럽고 그 밑바탕을 이루는 감정들이 현실적임을 말해준다.

메난드로스 희극들은 운문, 즉 약강 3보격 시행(iambic trimeter)으로 씌어졌지만 그 언어는 문장구조와 어휘에서 일상어에 가까우며, 아테나이 고희극(古喜劇)의 대표 작가인 아리스토파네스(기원전 445년경~385년경)의 언어보다 훨씬 단순하다.

메난드로스 희극들에서는 코로스의 역할이 축소되어, 노래와 춤으로 전체를 5막으로 나누는 살아 있는 막(幕) 역할을 하는 데 그치고 있다.

메난드로스는 자신의 희극들에 등장하는 인물들에게 동정과 아이러니가 뒤섞인 태도를 보여주며, 이해와 관용과 아량만이 인간관계에서 진정한 행복의 열쇠임을 은연중 내비치곤 한다.

아리스토파네스는 넓은 의미의 '정치'에 너무 깊이 개입하여 유명 정치인들과 소크라테스, 에우리피데스 같은 계몽적인 지식인들을 무차별적으로 인신공격하고 성행위나 배설물을 자주 언급한다. 때문에 아리스토파네스가 세상을 떠나기도 전에 그의 '고희극'은 메난드로스의 앗티케 '신희극'에서 볼 수 있는 '풍속희극'에 주도권을 내주게 된다. 반면 메난드로스는 로마의 희극작가들인 플라우투스(Titus Maccius Plautus 기원전 250년경~184년)와 테렌티우스(Publius Terentius Afer 기원전 195/90~159년)의 번역·번안을 통해 르네상스 희극과 영국의 셰익스피어(Shakespeare), 프랑스의 몰리에르(Molière), 독일의 레싱(Lessing) 같은 작가들의 희극에 큰 영향을 줌으로써 서양 근대 희극의 아버지가 되었다 해도 지나친 말이 아닐 것이다.

이 번역서에서는 메난드로스 희극 가운데 R. B. Downs의 『세상을 바꾼 책들』(*Books That Changed the World*)에 소개된 『심술쟁이』, 『중재 판정』, 『사모스의 여인』, 『삭발당한 여인』 4편을 번역해보았다. 이 번역서가 메난드로스뿐만 아니라 서양 희극에 대한 우리의 시야를 넓히는 데 조금이라도 도움이 된다면 역자로서는 더 바랄 것이 없겠다.

2014년 1월

천병희

# 차 례


옮긴이 서문 4

일러두기 10

심술쟁이(일명 염세가厭世家) 11

중재 판정 75

사모스의 여인(일명 결혼 계약) 123

삭발당한 여인 179

참고문헌 214

## 일러두기

1. 이 번역서의 텍스트로는 F. H. Sandbach, *Menandri Reliquiae Selectae*, Oxford 1972(Oxford Classical Texts)를 사용했다. 주석은 A. W. Gomme/F. H. Sandbach, Menander, A *Commentary*, Oxford 1973과 Menander, edited and translated by W. G. Arnott, 3vols., Cambridge, Massachusetts(Harvard University Press) 1996ff.을 참고했다. 현대어 번역 중에서는 위 W. G. Arnott와 N. Miller의 영어 번역본과 O. Vicenci(『심술쟁이』)와 W. Schadewaldt(『중재 판정』)의 독일어 번역본을 참고했다.
2. 고유명사는 그리스어 원전대로 읽었다. 예컨대 아테나이(아테네 대신), 스파르테(스파르타대신), 코린토스(코린트 또는 코린투스 대신), 앗티케(아티카 대신).
3. 텍스트가 없어진 부분에는 독자가 줄거리를 알 수 있도록 필요한 설명을 붙였다.
4. 본문 가운데 설명이 필요하다고 생각되는 부분에는 주석을 달았다.

# 심술쟁이

(일명 염세가厭世家)

## 작품 소개

부잣집 아들 소스트라토스가 사냥을 나갔다가, 판 신과 요정들에게 기도하고 있는 시골 소녀를 보고 한눈에 반해 청혼하기로 결심한다. 그러나 소녀의 아버지 크네몬은 세상이 싫어져 아내와도 헤어지고 딸과 하녀의 시중을 받으며 홀아비 생활을 하는 세상에 둘도 없는 염세가이다. 그의 아내는 그의 괴팍한 성미에 넌더리가 나서 전남편과 낳은 아들 고르기아스를 데리고 나가 근처에서 농사를 짓는다.

소스트라토스가 도움을 청하자 고르기아스는 자기를 닮은 사람이 아니면 크네몬은 어느 누구도 사위로 삼지 않을 것이라고 말한다. 그래서 소스트라토스는 점수를 따려고 크네몬의 밭에서 허리가 휘도록 일을 하는데 정작 크네몬은 나타나지 않는다.

한편 소스트라토스의 어머니는 꿈자리가 뒤숭숭하여 요정들과 판 신의 사당에 제물을 바치기로 한다. 마침 이때 우물에 빠진 크네몬을 고르기아스가 소스트라토스의 도움을 받아 구해준다. 이를 계기로 크네몬은 자신의 생활방식에 문제가 있다는 것을 깨닫고 아내를 다시 데려오고 재산과 딸을 고르기아스에게 맡긴다.

그러자 고르기아스가 그녀를 소스트라토스에게 아내로 준다. 소스트라토스도 자기 누이를 고르기아스에게 아내로 주자고 아버지를 설득한다. 이 연극은 결혼 잔치에 참석도록 하기 위해 요리사와 하인이 크네몬을 골탕 먹이는 장면으로 끝난다.

메난드로스는 기원전 317년 이 희극으로 레나이아제(Lenaia)에서 우승했다.

**등장인물**

**판**(Pan) 신

**소스트라토스**(Sostratos) 사랑에 빠진 젊은이

**카이레아스**(Chaireas) 소스트라토스의 친구. 식객(食客)

**퓌르리아스**(Pyrrhias) 소스트라토스의 하인

**크네몬**(Knemon) 심술쟁이 영감

**소녀** 크네몬의 딸

**고르기아스**(Gorgias) 크네몬의 의붓아들

**다오스**(Daos) 고르기아스의 하인

**시미케**(Simiche 또는 Simike) 크네몬의 늙은 하녀

**칼립피데스**(Kallippides) 소스트라토스의 아버지

**게타스**(Getas) 칼립피데스의 하인

**시콘**(Sikon) 요리사

그 밖에 소스트라토스의 어머니와 누이, 크네몬의 별거 중인 아내 뮈르리네(Myrrhine), 하인들과 농부들

**장소**

아테나이에서 멀지 않은 시골 마을. 무대의 중앙에는 판* 신과 요정*들에게 바쳐진 사당*이 있다. 관객의 왼쪽에는 크네몬의 집이, 오른쪽에는 고르기아스의 집이 있다. 때는 이른 아침이다.

* 판은 헤르메스의 아들로, 숲과 들과 양치기[牧者]의 신이다.

* 요정(妖精, nymphe)은 자연의 생명력을 대표하는 젊은 여성적 존재로 산의 요정들(orestiades), 물의 요정들(neiades), 샘의 요정들(krenaiai), 나무의 요정들(dryades)이 있다.

* 여기 나오는 사당은 동굴 안에 있는 것으로 생각된다.

# 제1막

**판** *(사당에서 나오며)*

여러분은 이곳이 앗티케[1]의 퓔레[2] 땅이고
내가 나오고 있는 이 요정의 사당은 퓔레인들의 마을에
속하는 것으로 여기도록 하라. 그들은 이 바위투성이의 땅을
경작할 수 있기 때문이지. 이곳은 널리 알려진 신성한 곳.
내 오른쪽에 있는 여기 이 농장에 크네몬이 살고 있어.
그는 사람을 아주 멀리하고
누구에게나 심술궂고 사람들과 어울리기를 좋아하지 않아.
'사람들과 어울리다'니! 그는 적잖이 오래 살았건만

1 앗티케(Attike 라틴명 Attica)는 중부 그리스의 맨 동쪽 지방으로, 그 수도가 아테나이이다. 앗티케는 Athenaike(←Athenai)가 변한 말이다.

2 퓔레(Phyle)는 아테나이에서 북서쪽으로 20킬로미터쯤 떨어진 파르네스(Parnes) 산기슭에 있는 마을이다. 이곳에 있던 판 신과 요정들의 사당은 실제로 찾는 이가 많았다고 알려져 있다.

평생 동안 다정하게 누구에게 인사하거나
먼저 인사를 건넨 적이 한 번도 없었지,
나 판 신을 제외하고는. 그것은 그가 내 이웃에 살며
내 문 앞을 지나가지 않을 수 없기 때문이지.[3]
그리고 그는 그렇게 한 것을 금세 후회하지.
내가 잘 알아. 그런데 그런 성격에도 불구하고
그는 어떤 과부와 결혼했어. 그녀의 전남편이
어린 아들 하나를 남겨두고 얼마 전에 죽었던 거지.
그는 매일 낮과 대부분의 밤 시간을
그녀와 다투기 시작했어—
비참한 생활이었지. 그들에게 딸애가 태어났어.
설상가상으로 말이야. 그리고 사태가 악화되어
나아질 가망은 없고 사는 것이 괴롭고 힘들어지자
그의 아내는 그의 곁을 떠나 먼젓번 결혼으로
낳은 아들에게 돌아갔어. 그 아들은
여기서 가까운 곳에서 작은 땅뙈기를 부치며
어렵사리 어머니와 자신과 아버지한테서
물려받은 노예 한 명을 먹여 살리고 있어.
소년은 어느새 청년이 되었고
나이에 견주어 사리에 밝은 편이야.
경험은 사람을 성숙하게 만드는 법이니까.
영감은 딸과 늙은 하녀를 데리고 독신 생활을
하고 있어. 나무를 해오고 땅을 파는 등
날마다 일만 하며. 그리고 이곳에 사는 이웃 사람들과
자기 아내부터 저 아래 콜라르고스[4] 주민에 이르기까지

누구나 다 미워하면서 말이야. 그러나 그의 딸은
그녀의 성장 환경으로 예상할 수 있듯이[5] 천진난만하고
착해. 그녀는 이 사당에서 나와 함께하는
요정들을 정성껏 섬기고 있어. 그러니까 우리도
그녀를 좀 돌봐주는 것이 도리라고 생각하지.
한 젊은이가 있는데, 그의 아버지는 부자이고
이곳에 금싸라기 같은 노른자위 땅을 경작하고 있어.
그 젊은이의 생활방식은 도회적이지만
운동을 좋아하는 친구와 사냥 나왔다가
우연히 이곳으로 오게 되었지.
나는 그에게 마술을 걸어 사랑에 빠지게 했지.
이것이 이야기의 골자야. 자세한 것은 앞으로 보게
될 거야 — 여러분이 원한다면. 부디 원하시길.
과연 저기 친구와 함께 오는 것이 상사병에 걸린
우리의 젊은이 같구먼.
그들은 이번 사건에 관해 열심히 의논하고 있구먼.

*(판 신은 사당으로 퇴장하고, 소스트라토스와 카이레아스가 오른쪽에서 등장한다)*

3 고대 그리스인들은 판 신의 사당 앞을 지날 때는 반드시 사당 입구에 세워진 판 신의 입상(立像)에 인사했다고 한다.

4 콜라르고스(Cholargos)는 퓔레에서 아테나이 쪽으로 16킬로미터쯤 떨어진 평지 마을이다.

5 메난드로스는 다른 여인들과 떨어져 자라는 것이 소녀의 교육에 더 유익하다고 생각하는 것 같다. 384~386행 참조.

**카이레아스** 그게 무슨 말인가? 자유민인 그 소녀가
요다음 문 앞의 요정들[6]에게 화관을 씌우는 것을 보고는
자네가 첫눈에 반했단 말인가, 소스트라토스?
**소스트라토스** 그렇다네. 그것도 첫눈에.
**카이레아스** 빠르기도 하지. 아니면 출발할 때 이미 자네는
작정했나, 그 소녀에게 빠지기로?
**소스트라토스** 자네는 웃고 있군. 나는 괴로워 죽겠는데, 카이레아스.
**카이레아스** 자네 말을 믿어야겠지.
**소스트라토스** 그래서 이 일을 자네에게 털어놓는 걸세.
자네는 내 친구이고 실전에 밝으니까.
**카이레아스** 그런 일들에, 소스트라토스, 나라면 이렇게 할 걸세.
창녀[7]와 사랑에 빠진 어떤 친구가 내게 도움을 청했다고 하세.
나는 취하도록 마시거나 대문에 불을 질러
곧장 그녀를 낚아채어 납치해버리지. 막무가내로 말일세.
그녀의 신분을 확인하기도 전에 해치워야 해.
지체할수록 열정은 무섭게 커지고,
빨리 해치워야 열정도 식을 테니까.
하지만 누가 결혼과 자유민 소녀에 관해 말한다면
그때는 다른 사람이 되어
가족과 재산과 성격을 캐묻는다네.
이 경우에는 내 능력에 관한 기록이 영원히
내 친구에게 남게 될 테니까 말일세.
**소스트라토스** 거참 대단하군! *(혼잣말로)* 하지만 그건 나와는 맞지 않네.
**카이레아스** 그렇다면 우리는 지금 이 일에
자초지종을 먼저 들어야겠지.

**소스트라토스** 오늘 새벽에 나는 내 사냥꾼[8] 퓌르리아스를
심부름 보냈는데…….

**카이레아스** 누구에게?

**소스트라토스** 소녀의 아버지나 누구든 집안의 가장을
만나보라고 말일세.

**카이레아스** 맙소사. 그게 무슨 말인가?

**소스트라토스** 그건 실수였네. 하인에게 맡겨서는
안 되는 일인데. 하지만 자네도 사랑에 빠져 있다면
대체 무엇이 유익한지 찾아내기가 그리 쉽지 않았을 거야.
한데 녀석이 왜 이리 늦어지는지 아까부터
이상히 여기고 있네. 그곳 사정을 알아보고
곧장 집으로 돌아와 보고하라 일렀는데 말이야.

*(퓌르리아스, 쫓기듯 숨을 헐떡이며 왼쪽에서 뛰어들어온다)*

**퓌르리아스** 지나갈게요. 조심하세요. 다들 비키시란 말예요.
미치광이가 날 쫓는단 말예요. 미치광이가.

**소스트라토스** 이봐, 이게 무슨 짓이야?

6 여기서 '요정들'이란 사당 입구에 세워진 요정들의 입상을 말한다.

7 당시 창녀(娼女 hetaira)는 평범한 매춘부에서 음악과 춤과 화술에 능한 고급 창녀에 이르기까지 다양했다. 그들이 자물쇠를 채우고 대문을 열어주지 않으면 술 취한 젊은이들이 횃불로 대문에 불을 지르기도 했다고 한다.

8 여기서 사냥꾼은 퓌르리아스를 말하지만, 42행에서는 카이레아스를 가리키는 것으로 생각된다.

**퓌르리아스** 피하세요, 제발!

**소스트라토스** 대체 뭔 일인데?

**퓌르리아스** 저한테 흙덩이와 돌멩이를 던져대요.
이제 저는 끝장났어요.

**소스트라토스** 던져댄다고? 어딜 가는 거야? 이 악당 같으니라고!

**퓌르리아스** *(멈춰 서서 주위를 둘러보며)*
이제 더 이상 쫓아오지 않는 건가?

**소스트라토스** 그렇다니까.

**퓌르리아스** 난 그가 계속 쫓아오는 줄 알았어요.

**소스트라토스** 대체 무슨 말을 하는 거야?

**퓌르리아스** 이곳을 뜨도록 해요. 제발, 부탁이에요.

**소스트라토스** 어디로 가란 말이야?

**퓌르리아스** 여기 이 문에서, 되도록 멀리요.
그는 고통의 아들[9]이고 귀신에 씌었으며,
미치광이예요. 도련님이 만나보라고
하신 그 집 주인 말예요.
진짜 무서워요. 세차게 부딪쳐
하마터면 발가락을 모조리 삘 뻔했다니까요.

**소스트라토스** 심부름 갔던 일은?

**퓌르리아스** 뭐 말씀이죠? 그가 절 쳤어요. 이쪽으로 말예요.

**소스트라토스** 저 녀석이 미친 게 분명해.

**퓌르리아스** 정말이라고요. 저 완전 끝장날 뻔했어요,
소스트라토스 도련님. 아무튼 조심하세요.
숨이 가빠 말도 제대로 안 나오네.
그 집 문을 두드리며 주인을

만나보고 싶다고 했죠. 그러자 불쌍한 노파 하나가
나오더니 제가 지금 말하고 있는
바로 이곳에 서서 언덕 위의 그를 가리켰는데,
그는 그곳에 있는 배나무들 사이를 돌아다니며
허리가 휘도록 한 짐 모으고 있었어요.

**카이레아스** 몹시 흥분했군그래. *(소스트라토스에게)* 어떤가, 자네는 · · · ?

**퓌르리아스** 저는 그의 농지로 올라가
그한테로 걸어갔지요. 그와
아직 한참은 떨어져 있었지만 제가 싹싹하고
재치 있는 사람임을 보여주려고 인사하며
말했지요. "나리, 저는 용건이 있어 나리를
뵈러 왔어요. 이건 나리께 이익이 되는 일이에요."
그러자 그는 지체 없이 대답했어요. "이 못된 녀석아,
대체 무슨 생각으로 내 밭을 짓밟는 거냐?"
그러면서 그는 흙덩이를 집어던졌어요. 제 얼굴에다.

**카이레아스** 제기랄!

**퓌르리아스** 제가 "젠장맞을!" 하고는 눈을 감고 있는데
이번에는 막대기를 집어 들더니 그걸로
저를 내리치며 말했어요. "너와 나 사이에 용건은
무슨 용건이야? 공로(公路)가 어딘지도 몰라?"
그러면서 고래고래 고함을 질렀어요.

9 여기서 '고통의 아들 odynes hyos'이라는 말은 '고통당하는'이 아니라 '남에게 고통을 주는', 즉 '위험한'이라는 뜻인 듯하다.

**카이레아스** 네 말대로라면 그 농부는 완전히 미쳤구나.

**퓌르리아스** 끝까지 들어보세요. 저는 줄행랑을 쳤고
그는 뒤쫓아왔어요. 15스타디온[10]이나.
처음에는 언덕 주위로, 다음엔 여기 이 덤불 있는 데까지.
흙덩이와 돌멩이를 던져대며 말예요.
그 밖에 아무것도 남지 않자 그는 배들도 던졌어요.
완전 야수예요, 그 못된 영감쟁이는.
제발 부탁이에요. 이곳을 뜨도록 하세요!

**소스트라토스** 이 겁쟁이 같으니라고!

**퓌르리아스** 우리가 얼마나 위험한지 잘 모르시군요. 그는 우릴 잡아먹을 거예요.

**카이레아스** 지금은 그가 조금 불편한 것 같으이.
생각건대 그를 만나보는 일은 미뤄야
할 것 같네, 소스트라토스! 자네도 알다시피,
매사는 시의적절이 가장 우선이라네.

**퓌르리아스** 옳은 말씀이에요.

**카이레아스** 가난한 농부일수록 성미가 급한 편이지.
그만이 아니라 거의 모두가 그래.
내일 아침 일찍 내가 직접 가서
그를 만나겠네. 집은 알았으니까.
그러니 자네는 지금 집에 돌아가
기다리게나. 그러면 모든 일은 잘될 걸세.

**퓌르리아스** 우리, 그렇게 해요!

*(퓌르리아스가 말하는 동안 카이레아스는 도망치듯 급히 오른쪽으로 퇴장한다)*

**소스트라토스** 저 친구, 핑계가 생겼다고 좋아하는군.
처음부터 분명했어. 그는 나와 함께 가기를
원치 않았거나 아니면 내 결혼 계획을
대수롭지 않게 여겼던 거야.
*(퓌르리아스에게)* 하지만 너 같은 악당은
혼이 나야 해, 이 매가 필요한 녀석아!

**퓌르리아스** 제가 무슨 잘못을 했죠, 소스트라토스 도련님?

**소스트라토스** 네가 그의 밭을 훼손했겠지.

**퓌르리아스** 저는 아무것도 손대지 않았어요.

**소스트라토스** 너한테 아무 잘못이 없는데 누군가 널 때렸단 말이지?

**퓌르리아스** 그렇다니까요. 저기 그가 오고 있어요. *(크네몬에게)* 나는
물러가오, 나리. *(소스트라토스에게)* 도련님이 그에게 말하세요!
*(퓌르리아스, 오른쪽으로 퇴장)*

**소스트라토스** 난 못해. 내게는 말로 사람을 설득하는 재주가 없으니까.
저 사람을 어떤 종류의 사람이라고 해야 좋을까?
보아하니, 그는 전혀 싹싹해 보이지 않아.
제우스에 맹세코, 그건 아니야. 그는 얼마나 단호한가!
문에서 조금 떨어져 있는 게 낫겠어. 그는 혼자 오면서도
고래고래 고함을 지르니까. 제정신이 아닌 것 같아.
아폴론과 여러 신들에 맹세코, 나는 저 사람이 두려워.
사실대로 말하면 왜 안 되는 거지!

10 1스타디온(stadion)은 약 192미터이다.

*(그사이 크네몬이 무대 중앙에 등장하여 관객에게 말한다. 그는 처음에는 소스트라토스를 보지 못한다)*

**크네몬** 저 유명한 페르세우스[11]는 두 가지 이유에서
행운아가 아니었던가! 첫째, 그는 날개가 있어
지상을 거니는 자들을 누구도 만날 필요가 없었어.
다음에, 그는 자기를 짜증 나게 하는 자를 모조리
돌로 변하게 하는 그런 물건을 갖고 있었어.
지금 나한테도 그런 게 있었으면 좋으련만!
그렇다면 도처에 석상(石像)보다
흔한 것은 아무것도 없을 텐데.
이제 인생은 살 가치가 없어, 아스클레피오스[12]에 맹세코.
벌써 사람들이 내 농토를 침범하여 내게 말을 걸지 뭐야.
내가 늘 길가에서 어슬렁거리지 않느냐고?
천만에. 나는 내 농토의 그쪽 부분은 애초에 경작을
포기해버렸어. 지나가는 사람들 때문에. 그런데 지금 그들은
언덕까지 나를 쫓아온다니까. 오오, 득실대는 군중들!
아아, 괴로워! 그런데 여기 바로 우리 집 문 옆에도
그들 가운데 한 놈이 서 있구나!

**소스트라토스** *(혼잣말로)*
그가 나를 칠까?

**크네몬** *(여전히 관객을 향하여)*
조용한 곳은 아무 데도 없다니까.
죽으려 해도.

**소스트라토스** 지금 저에게 화내시는 건가요? 저는 여기서 누군가를

기다리고 있어요. 만나기로 약속해서.

**크네몬** 내가 아까 뭐랬소?
당신들은 이곳이 주랑(柱廊)[13]이나 레오스[14]의 사당인 줄 아시오?
누가 보고 싶으면 내 집 문 앞에서 만나자고
약속하나봐! 마음대로 하시오.
원한다면 안락의자도 갖다놓구려. 아니, 아예
회관을 지으시지그래. 아아, 나는 얼마나 불행한가!
생각건대, 이런 주제넘음이 바로 불행인 것 같아.

*(크네몬, 자기 집안으로 퇴장)*

**소스트라토스** 보아하니, 이번 일은 여간해서는
될 것 같지 않아. 정신 바짝 차려야지.
틀림없다니까. 가서 게타스를
데려올까봐, 아버지의 노예를. 신들에 맹세코, 그래야겠어.
녀석은 정력적이고 뭐든 노련하니까.
두고 봐. 녀석은 틀림없이
저 영감의 심술을 잠재울 수 있을 거야.

11 페르세우스(Perseus)는 황금 비[雨]로 변한 제우스(Zeus)와 청동 탑에 갇혀 있던 다나에(Danae) 사이에서 태어난 아들로, 훗날 아테나(Athena) 여신에게서는 청동 거울을 빌리고 헤르메스(Hermes) 신에게서는 날개 달린 샌들을 빌려 신고 대지의 끝으로 날아가, 그 모습이 하도 무서워 보는 이를 돌로 변하게 한다는 괴물 메두사(Medousa)의 머리를 베어 온다. 『사모스의 여인』 주 49 참조.

12 아스클레피오스(Asklepios)는 아폴론의 아들로 의술(醫術)의 신이다.

13 당시 주랑과 이발소는 남자들이 모여 잡담하던 곳이다.

14 레오스(Leos)는 아테나이의 영웅으로 아테나이의 아고라(agora)에 있던 그의 사당은 당시 만남의 장소였다고 한다.

뭣보다 이번 일은 질질 끌어선 안 돼.
단 하루에도 많은 일이 일어날 수 있으니까.
그런데 누군가 집안에서 대문 빗장을 풀고 있구나.

*(크네몬의 딸이 항아리를 들고, 크네몬의 집에서 나온다)*

**소녀** *(소스트라토스를 보지 못하고)*
아아, 가련한 내 신세! 아아, 괴로워!
이 일을 어떡하지? 물을 퍼올리던 유모가
두레박을 우물에 빠뜨렸으니.

**소스트라토스** 오오! 아버지 제우스시여, 치유자(治癒者) 포이보스[15]시여,
사랑하는 디오스쿠로이[16]시여, 숨 막히게 아름답구나!

**소녀** 아빠가 나가시며 더운물을 준비해두라고 했는데.

**소스트라토스** 관객 여러분, 나 지금 떨려요.

**소녀** 아빠가 이 일을 아시면 유모를 때려죽이려 하실 텐데.
하지만 잡담할 시간이 없어.
가장 사랑하는 요정님들, 우리에게 물을 대주세요.
하지만 안에서 사람들이 제물을 바치고 있다면,
방해하고 싶지는 않아요.

**소스트라토스** *(앞으로 나서며)*
항아리를 내게 주시면 당장 채워서 가져올게요.

**소녀** *(항아리를 건네주며)* 제발 그래 주세요. 어서.

**소스트라토스** *(혼잣말로)*
시골 소녀지만 어엿한 데가 있어.
오오, 존경받는 신들이시여, 어느 분이 저를 구하실 수 있나이까?

*(소스트라토스, 사당 안으로 퇴장)*

**소녀** 야단났구나. 누가 문을 여는 걸까? 아빠가 오셨나?
밖에 나와 있다 들키면 매를 맞을 텐데.

*(소녀가 자기 집 대문 쪽으로 가자, 다오스는 어깨 너머로 말하며 고르기아스의 집에서 나온다)*

**다오스** 제가 여기서 마님을 위해 가사를 돌보느라
장시간 머무는 동안 도련님은 혼자서 땅을 파고 있어요.
이젠 가서 도련님을 도와드려야죠. 오오, 저주받을 가난이여,
왜 우리는 너를 그토록 많이 짊어져야 하지?
너는 왜 그토록 오랫동안 죽치고 앉아
우리 곁에서 떠나지 않는 거냐?

**소스트라토스** *(사당에서 나오며)*
자, 항아리 받으세요!

**소녀** 이리 좀 갖다주세요!

**다오스** *(혼잣말로)*
그런데 이 친구가, 원하는 게 대체 뭐지?

**소스트라토스** *(항아리를 건네주며)*

15 포이보스(Phoibos '빛나는 자' '정결한 자'라는 뜻)는 광명의 신으로서의 아폴론(Apollon)의 별명이다.

16 디오스쿠로이(Dioskouroi '제우스의 아들들'이라는 뜻)란 쌍둥이 형제인 카스토르(Kastor 라/Castor)와 폴뤼데우케스(Polydeukes 라/Pollux)를 말한다. 이들은 특히 스파르테에서 경배의 대상이 되었다.

잘 있으시오. 아버님 잘 보살펴드리고!
*(소녀는 집안으로 들어간다)* 아아, 괴로워! *(기운을 내며)* 울지 마, 소스트라토스!
좋아질 거야.

**다오스** *(엿듣고 있다가 혼잣말로)* 뭐가 좋아진다는 거지?

**소스트라토스** *(여전히 다오스를 보지 못하고 혼잣말로)*
겁낼 필요 없어. 네가 방금 작정한 대로 게타스를 데려와
사건의 자초지종을 몽땅 털어놓는 거야.
*(소스트라토스, 오른쪽으로 퇴장)*

**다오스** 이게 대체 무슨 지랄이야? 난 이런 일은
딱 질색이야. 젊은이가 소녀를 위해 봉사한다—
그건 좀 그렇지. 크네몬, 당신의 죗값으로
모든 신들께서 당신을 깡그리 망쳐놓으시기를!
순진한 소녀를 사람도 없는 곳에 혼자 있게
두다니. 적절한 보호도 없이 내버려두다니!
그 젊은이는 그 점을 알고는
슬금슬금 숨어든 거야. 웬 떡이냐 싶었겠지.
되도록 빨리 그녀의 오라비에게
이 일을 알려야겠어. 우리가 그녀를
돌봐줄 수 있도록.
지금 당장 가서 그렇게 하는 것이 좋을 것 같아.
저기 판 신의 예찬자들이 거나하게 취해
이리로 오고 있는 것이 보이는데
그들과는 섞이지 않는 게 좋을 것 같으니까.

코로스의 첫 번째 간주곡이 나온다.

# 제 2 막

*(고르기아스와 다오스, 왼쪽에서 등장)*

**고르기아스** 말해봐. 그러니까 너는 이 사건을 사소하고
하찮은 일로 여겼단 말이지?

**다오스** 무슨 뜻이죠?

**고르기아스** 제우스에 맹세코, 너는 그 녀석이 누구든 간에
소녀에게 접근하는 순간 그와 대면하고, 앞으로는
누구도 그가 그런 짓을 하는 걸 봐서는 안 될 거라고
말했어야지. 한데 너는 그것이 남의 일인 양
떨어져 있었어. 피는 물보다 진한 법이야, 다오스.
내게는 역시 누이를 돌볼 책임이 있어.
그녀의 아버지는 우리와 남남이기를 원하지만,
그렇다고 우리도 그의 심술을 흉내 내서는 안 되지.
그녀가 치욕을 당하게 되면
나도 망신이니까. 남들은 누구에게 잘못이 있는지

알지도 못하고 결과만 보니 말이야.
자, 따라와!

**다오스** 고르기아스 도련님, 저는 영감이 무서워요.
그분은 자기 집 대문 가까이서 저를 붙잡게 되면
그 자리에서 저를 목매달 테니까요.

**고르기아스** 그래. 그분은 골칫거리야. 그분과 얽히게 되면
더 나아지도록 그분을 강요할 방법이 없고,
훌륭한 조언으로도 그분 마음을 바꿀 수 없으니까.
강요에 대해서 그분은 법을 제 편으로 삼아 맞서고
설득에 대해서는 그분 성격이 반항하니 말이야.

**다오스** 잠깐 멈추세요. 우리가 헛걸음한 것 같아요.
저기 그 녀석이 되돌아오고 있어요. 제가 말씀드렸듯이.[17]

**고르기아스** 멋진 외투를 걸친 저기 저놈 말이냐?

**다오스** 그래요.

**고르기아스** 건달이군. 눈빛부터가.

*(소스트라토스, 오른쪽에서 등장. 그는 처음에는 다른 사람들이 있는 줄 모른다)*

**소스트라토스** 내가 만나러 갔을 때 게타스는 집안에 없었어.
어머니께서 어떤 신에게 제물을 바치시려고
—나도 어떤 신인지는 몰라—어머니께서는 날마다 그렇게
제물을 바치시며 온 구역(區域)[18]을 돌아다니시니까—
아무튼 어머니께서 근처의 요리사를 쓰시려고
게타스를 내보내셨던 거야. 그래서 나는 제물 바치는 일을
뒤로하고 이곳 일을 보러 돌아온 거지.

그리고 나는 이렇게 주위만 맴돌 게 아니라,
내가 몸소 나 자신을 위해 말하기로 작정했어.
문을 두드려야지. 더 이상의 숙고가 필요 없도록.

**고르기아스** *(앞으로 나서며)*
이봐 젊은이, 내 진지하게 충고하고 싶은데
한번 들어보고 싶지 않소?

**소스트라토스** 기꺼이 듣겠소. 말씀하시오!

**고르기아스** 생각건대, 성공한 사람이든 실패한 사람이든
사람들에게는 누구에게나 한계와
어떤 전기(轉機)가 있기 마련이오.
성공한 사람은 불의한 짓을
저지르지 않고 자신의 행운을
지탱할 수 있는 동안에는
번영을 누릴 수 있소. 하지만 그가
자신의 번영에 현혹되어 불의한 짓을 저지르면
그때 그의 행운은 나쁜 쪽으로 기울기 시작하오.
한편 성공 못한 사람들은 어려운 처지에도 불구하고
나쁜 짓을 저지르지 않고 불운을 정직하게
참고 견디면 머지않아 신용을 얻게 되고 인생에서
자기 몫이 나아지기를 기대할 수 있을 것이오.

17 다오스는 무대 위에서가 아니라 아마도 이 장면이 시작되기 전 무대 밖에서 고르기아스와 주고받은 이야기에서 그렇게 말했던 것으로 생각된다.

18 앗티케 지방은 최종적으로 174개 구역(區域 demos)으로 나누어졌다.

내가 하고자 하는 말은 이렇소. 당신이 비록 큰 부자라 해도
그것을 믿고 우리 같은 가난뱅이들을 멸시하지 마시오.
당신은 자신이 지속적인 행운을 누릴 만한
가치가 있음을 사람들에게 보이시오.

**소스트라토스** *(어리둥절하여)*
당신 보기에 내가 지금 엉뚱한 짓을 할 사람 같소?

**고르기아스** 내가 보기에 당신은 못된 짓을 하기로 작정한 것 같소.
당신은 자유민인 소녀를 유혹하려 하고 있거나
백번 죽어 마땅한 못된 짓을 저지를
기회만 엿보고 있단 말이오.

**소스트라토스** *(깜짝 놀라며)*
맙소사!

**고르기아스** 아무튼 당신의 여가가, 여가 없는 우리를
괴롭힌다는 건 옳지 못하오. 알아두시오,
가난뱅이가 모욕당하면 가장 성가신 적이 되는 법이라오.
첫째, 그는 불쌍해 보이지요. 그다음, 그는 자기가
당한 것을 불의로만 보지 않고 부자의 오만으로 본다오.

**소스트라토스** 젊은이, 제발 내 말도 좀 들어보시오!

**다오스** *(고르기아스에게)*
잘하셨어요, 도련님. 참 잘하셨어요.

**소스트라토스** *(다오스에게)* 너도 들어봐. 알지 못하면서 떠들지만 말고!
*(고르기아스에게)* 여기서 나는 한 소녀를 보고 사랑하게 되었소.
그것이 당신이 말하는 불의라면 나는 불의한 짓을 했소.
무슨 할 말이 더 있겠소? 나는 그녀를 좇아 온 것이 아니라,
그녀의 아버지를 만나보고 싶어 이곳에 왔으니 말이오.

나는 자유민이고 재산도 넉넉하여 지참금[19] 없이도
그녀와 결혼할 각오가 되어 있소.
그리고 나는 언제까지나 그녀를 아껴주겠다고 맹세하오.
만일 내가 나쁜 의도를 품거나, 몰래 당신들에게
음모를 꾸밀 요량으로 이곳에 왔다면
젊은이여, 여기 이 판 신과 요정들께서도 함께
여기 이 집[20] 옆에서 나를 쳐서 정신을 잃게 하소서!
알아두시오. 당신이 나를 그런 사람으로 여긴다면
나는 심히 불쾌하오.

**고르기아스** 내 말이 좀 심했다면 더 이상
섭섭히 여기지 마시오. 당신은 이번 일에 대한
내 생각을 바꿔놓았고, 나는 당신 편이 되었소.
이봐요, 나는 남이 아니라 그 소녀의 이부(異父) 오라비요.
그래서 나는 이런 말을 하는 것이오.

**소스트라토스** 제우스에 맹세코, 당신이야말로 앞으로 나를 도울 수 있겠구려!

**고르기아스** 어떻게?

**소스트라토스** 보아하니, 당신은 고상한 마음을 가진 것 같소.

**고르기아스** 나는 공허한 변명으로 당신을 돌려보내고 싶지 않소.
사실대로 말하겠소. 한마디로 그녀의 아버지는 괴짜요.
그와 견줄 사람은 한 사람도 없소.

19 당시 그리스에서는 신부의 아버지가 신랑에게 지참금을 주게 되어 있었다. 당시 지참금의 규모에 관해서는 『중재 판정』 134행, 『사모스의 여인』 727행, 『삭발당한 여인』 1014행 참조.

20 여기서 '이 집'이란 판 신의 사당을 말하는 것 같다.

예나 지금이나.

**소스트라토스** 그 괴팍한 사람 말이오? 나도 조금은 알 것 같소.

**고르기아스** 그분은 더할 나위 없는 재앙이오. 여기 있는
그분의 재산은 자그마치 2탈란톤의 값어치가 있소.
그런데도 그분은 그것을 여전히 혼자서
경작하고 있소. 거들어주는 사람도 없이.
머슴이나 동네 품팔이꾼이나
도와주는 이웃도 없이, 혼자서 말이오.
그분의 가장 큰 즐거움은 어떤 사람도 보지 않는 것.
그분은 평소 딸을 데리고 일하는데,
딸에게만 말을 건네고 다른 사람에게는
좀처럼 그렇게 하지 않을 것이오.
그리고 그분은 자기와 기질이 같은 신랑을 찾아낼 때까지는
딸을 시집보내지 않을 거라고 말하고 있소.

**소스트라토스** 그러니까, 딸을 시집보내지 않겠다는 말이네요.

**고르기아스** 이봐요, 수고하지 마시오. 다 부질없는 짓이오.
이 짐은 우리가 지게 내버려두시오!
우리는 어차피 친족이니까. 다 팔자소관이지요.

**소스트라토스** 정말이지 당신은 사랑에 빠져본 적이 없나요, 젊은이?

**고르기아스** 이봐요. 나는 그럴 수 없소.

**소스트라토스** 어째서요? 누가 방해라도 하는가요?

**고르기아스** 현재의 고생을 합산해본 결과,
그것은 어떤 종류의 여가도 허용치 않는다는 거죠.[21]

**소스트라토스** 보아하니 당신은 여태 사랑에 빠져본 적이 없구려.
그래서 그 일에 관해 너무 순진하게 말하는 것이오. 당신은 나더러

물러서라고 하지만 그건 내가 아니라 신[22]에게 달려 있소.

**고르기아스** 당신은 우리를 해코지하는 것은 아니지만 괜히 고통당하고 있구려.

**소스트라토스** 소녀를 얻는다면 그렇지 않겠지요.

**고르기아스** 얻지 못해요, 당신은. 나와 함께 가서 그분에게 물어보면
알게 될 거요. 그분은 가까운 골짜기에서 일하고 있소.

**소스트라토스** 알게 되다니, 어떻게요?

**고르기아스** 내가 소녀의 결혼 문제를 꺼낼 것이오.
그것이 성사되는 것을 나도 보고 싶으니까.
그러면 그분은 당장 각자의 흠을 들춰내며
그들의 생활방식을 헐뜯을 것이오. 여유 있고 편안한 당신의
모습을 보게 되면, 그분은 당신을 거들떠보지도 않을 것이오.

**소스트라토스** 지금 그분이 거기 있나요?

**고르기아스** 지금은 없지만, 좀 있으면 늘 다니던 길에 틀림없이 나타날 거요.

**소스트라토스** 이봐요, 그러니까 딸도 데려올 거란 말인가요?

**고르기아스** 그럴 수 있겠죠. 아닐 수도 있고.

**소스트라토스** 당신이 말한 곳으로 갑시다. 나는 마음의 각오가 되어 있소.
제발 당신이 나를 좀 도와주시오!

**고르기아스** 어떻게?

**소스트라토스** 어떻게라고? 당신이 말한 곳으로 나를 안내하시오.

**다오스** 뭐랬소? 우리는 일하는데, 당신은 그 옆에
우두커니 서 있을 참이오? 외투를 걸친 채 말이오.

21 사랑은 '한가한 사람이나 하는 놀음'이라는 뜻이다.

22 판 신을 말하는 것 같다. 그러나 에로스를 말하는 것으로 보는 이들도 있다.

**소스트라토스** 왜 안 된다는 거지?

**다오스** 그분은 당장 당신에게 흙덩이를 던지며
당신을 놈팡이라고 부를 거요. 당신도
우리와 함께 땅을 파야 하오. 그걸 보게 되면
어쩌면 그분이 당신 말을 들어줄지도 모르죠.
당신을 가난한 농부로 알고.

**소스트라토스** 시키는 대로 무슨 짓이든 할 각오가 돼 있어. 그러니, 앞장서!

**고르기아스** 대체 왜 사서 고생을 하려는 거요?

**다오스** *(혼잣말로)*
내가 바라는 것은, 오늘 우리가 되도록 많은 일을 해치우되
저 양반은 그 끝에 요통을 얻어 앞으로는 이곳에 나타나
우리에게 성가시게 굴지 못하게 하는 거야.

**소스트라토스** 곡괭이 내와!

**다오스** 자, 내 것을 갖고 가시오. 당신이 일하는 동안
나는 돌담이나 쌓겠소. 그 일도 해치워야 하니까요.

**소스트라토스** 이리 줘! 네가 나를 구해주었구나.

**다오스** *(고르기아스에게)*
그렇다면 저는 갈게요, 도련님. 그곳으로 따라들 오세요!
*(다오스, 왼쪽으로 퇴장)*

**소스트라토스** 일이 이렇게 되었소. 나는 소녀를 얻고 살든지
아니면 시도해보다가 죽을 수밖에 없게 되었단 말이오.

**고르기아스** 그게 진심이라면 내 당신에게 행운을 빌겠소.

**소스트라토스** 오오, 크게 존경받는 신들이시여!
당신은 지금 나를 따돌릴 심산이지만 당신이 한 말은
나로 하여금 이번 일에 두 배나 더 열성을 갖게 만든다오.

만약 소녀가 여인들 사이에서 자라지 않았다면,
그리하여 인생의 나쁜 점들을 모르고
아주머니나 유모에게서 무서운 이야기들도
듣지 못했다면, 그러기는커녕 오히려 천성적으로
악을 미워하는 아버지 곁에서 어엿하게 자랐다면,
그렇다면 그녀를 얻는 것이 어찌 축복이 아니겠소?
한데 이 곡괭이는 백 킬로그램[23]도 더 나가겠구먼.
하지만 이 일에 손대기 시작한 이상 유약해져선 안 되겠지.

*(소스트라토스와 고르기아스가 왼쪽으로 퇴장하자, 잠시 뒤 요리사 시콘이 양 한 마리를 끌고 들어온다)*

**시콘** 이 양은 여간 귀여운 녀석이 아니라니까.
젠장맞을. 녀석을 들어올려 어깨에 메고 가면
녀석은 무화과나무 어린 가지를 입에 물고 잎사귀를
먹어치우지. 내 손에서 억지로 빠져나가려고 버둥대며.
그래서 땅에 내려놓으면 도무지 움직이려고 하지 않아.
그게 문제라니까. 길을 따라 녀석을 끌고 오느라
요리사인 내가 파김치가 되어버렸다는 거지.
한데 다행히도 우리가 제물을 바칠 요정의 사당이
바로 여기구먼. 안녕하세요, 판 신님! 이봐 게타스,
왜 그렇게 뒤처지나?

23 '백 킬로그램'의 원어는 4탈란톤이다. 앗티케 지방에서 1탈란톤은 24.86킬로그램이다.

*(게타스가 항아리, 냄비, 깔개, 매트리스 등을 한 짐 짊어지고 비틀거리며 오른쪽에서 등장)*

**게타스** 빌어먹을 여편네들이 당나귀
네 마리분의 짐을 지고 가라고 내게 묶어주지 뭐야!

**시콘** 사람들이 많이 몰려올 모양이지. 깔개를 말도 못하게 많이
짊어졌구먼.

**게타스** 어떡할까요?

**시콘** 여기 내려놔!

**게타스** *(짐을 내려놓으며)*
자! 두고 보세요. 마님 꿈에 파이아니아[24]의 판 신이 현몽하시면
우리는 그분께 제물을 바치려고 곧장 그리로 가게 될 테니.

**시콘** 누가 꿈을 꾸었다고?

**게타스** 이봐요, 짜증 나게 하지 마세요!

**시콘** 그래도 말해봐, 게타스! 누가 꿈을 꾸었지?

**게타스** 주인마님께서요.

**시콘** 대체 무슨 꿈을 꾸었대?

**게타스** 귀찮아 죽겠네. 판 신을 보셨대요.

**시콘** *(사당 문 앞에 있는 판 신의 입상을 가리키며)*
여기 이분 말이야?

**게타스** 그렇다니까요.

**시콘** 이분께서 어떻게 하시더래?

**게타스** 이분께서 우리 소스트라토스 도련님에게,

**시콘** 참한 젊은이지!

**게타스** 도련님의 발에, 족쇄를 채우시더래요.

**시콘** 맙소사!

게타스 판 신께서 도련님에게 가죽조끼와 곡괭이를 주시며
이웃 사람의 땅을 파라고 하시더래요.

시콘 참 기이한 일도 다 있지!

게타스 그래서 우리가 여기다 제물을 바치는 거예요.
그 무서운 꿈이 좋게 끝나게 해달라고.

시콘 그랬구나. 이것들을 다시 안으로 들이도록 해!
안에다 자리들과 그 밖에 다른 것들도 준비하되
잘 정돈해둬! 그들이 도착하는 대로 아무 지장 없이
제물을 바칠 수 있도록. 잘해봐!
상 좀 그만 찌푸리고. 이 천하에 불쌍한 녀석!
오늘은 내가 너를 제대로 먹여줄 테니까.

게타스 그래서 나는 늘 당신과 당신의 솜씨를 찬미하죠.
*(혼잣말로)* 하지만 난 당신을 조금도 믿지 않아요.

*(시콘과 게타스, 사당 안으로 퇴장)*

코로스의 두 번째 간주곡이 나온다.

24 파이아니아(Paiania)는 휘멧토스(Hymettos) 산의 동쪽에 있는 마을로 퓔레에서 남동쪽으로 30킬로미터 이상 떨어져 있다.

# 제3막

*(크네몬, 어깨 너머로 말하며 자기 집에서 등장)*

**크네몬** 할멈, 대문을 잠그고 누구한테도 열어주지 마!
내가 다시 돌아올 때까지는.
아마도 그때쯤은 캄캄하겠지.
*(크네몬, 오른쪽으로 퇴장하다가 소스트라토스의 어머니 일행에게 둘러싸인다)*

**어머니** 어서 서둘러, 플랑곤![25] 지금쯤 제물 바치는 일이
끝났어야 하는 건데.

**크네몬** *(혼잣말로)*
이건 또 웬 소동이야! 이 군중들! 지옥에나 떨어져라!

**어머니** 판 신의 찬가를 연주해, 파르테니스! 사람들이 말하기를,
이 신에게는 묵묵히 다가가서는 안 된다고 하잖아!

*(게타스, 사당에서 등장)*

**게타스** 드디어 무사히 여기까지 도착하셨군요, 마님!

**크네몬** 맙소사. 이 얼마나 역겨운가!

**게타스** 우린 마님을 기다리며 한참을 앉아 있었어요.

**어머니** 준비는 다 되었겠지?

**게타스** 그야 물론이죠.

**어머니** 그러나 양은 네가 편리한 때를 기다릴 수 없었던 모양이구나.
거의 다 죽어가고 있는 걸 보니. 가여운 것!
*(수행원들에게)* 너희들은 안으로 들어가
바구니[26]와 물과 제물을 준비하도록 해라!

**게타스** *(크네몬에게)*
입을 헤벌리고 뭘 바라보고 있는 거요, 이 멍청한 양반아?

*(어머니와 게타스와 그들의 일행은 사당 안으로 들어간다)*

**크네몬** 이 고약한 것들, 지옥에나 떨어져라! 저들 때문에
일을 할 수가 없구나. 지키는 사람도 없이 집을
비울 수 없으니. 옆에 살고 있는
이 요정들은 언제나 골칫거리라니까. 그래서 나는
집을 헐어버리고 이사할 작정이야.
저 도둑놈들이 제물을 바치는 꼴이라니!

25 여기서 플랑곤(Plangon)은 소스트라토스의 누이 이름인 듯하다. 그러나 하녀의 이름으로 보는 이들도 있다.

26 당시 제물을 바칠 때는 제물의 머리, 제단과 땅에 뿌릴 보리, 참석자들이 머리에 쓸 화관(花冠), 제물을 해체할 예리한 칼을 바구니에 담아 운반했다.

그들은 광주리들과 포도주 항아리들은 가져오지만,
그게 다 신들을 위해서일까? 자신들을 위해서지.
경건하게도 향은 물론이고 케이크도
불 위에 놓아드리지. 신께서 받으시라고.
그들은 꼬리와 쓸개도 신들에게 바치는데,
먹을 수 없으니까 바치는 거지. 나머지는
자기들이 다 먹어치우지. 할멈, 어서 문 열어!
오늘은 집안에서 일하는 게 나을 것 같아.

*(문이 열리자 크네몬이 집안으로 들어간다. 이어 게타스가 어깨 너머로 말하며 등장한다)*

**게타스** 뭣이, 냄비를 잃어버렸다고? 아직도 술이
덜 깼나봐. 이거 어떡하지?
틀림없이 판 신의 이웃들에게 폐를 끼치게 될 텐데.
*(크네몬의 집 대문을 두드리며)* 게 아무도 없느냐?
정말이지 이보다 더 쓸모없는 하녀들은 어디에도
살고 있지 않을 거야. 게 아무도 없느냐?
화냥질밖에 모른다니까. 잘한다, 잘해.
그러다 들키면 거짓말이나 늘어놓고. 게 아무도 없느냐?
뭐가 잘못됐나, 게 아무도 없느냐? 안에 아무도 없나봐.
아니, 누가 뛰어나오고 있는 것 같은데.

**크네몬** *(대문을 열며)*
말해봐, 내 집 대문엔 왜 매달려? 이 망할 녀석아.

**게타스** 저를 물지 마세요!

**크네몬** 아닌 게 아니라 널 산 채로 잡아먹고 싶구나.

**게타스** 오오, 제발. 그러지 마세요!

**크네몬** 이 못된 녀석아, 너와 나 사이에 무슨 계약이라도 있냐?

**게타스** 계약은 없지요. 그래서 저는 빚 독촉차 소환장을 전달하러
온 것이 아니라 냄비를 빌리러 왔단 말예요.

**크네몬** 냄비라고?

**게타스** 그래요, 냄비요.

**크네몬** 이 매 맞을 녀석아, 너는 내가 제물을 바칠 때
소라도 잡으며 너희들처럼 행동하는 줄 아느냐?

**게타스** *(처음에는 혼잣말로)*
보아하니 달팽이도 안 바칠 것 같네.
안녕히 계세요, 나리! *(돌아서며)* 여자들이
나더러 대문을 두드리고 물어보라고 했어요.
그래서 그렇게 했는데, 냄비가 없다니 돌아가
여자들에게 알려야죠. 크게 존경받는 신들이시여,
저 사람은 그야말로 늙은 독사예요.

*(게타스, 사당 안으로 퇴장)*

**크네몬** 사람 잡는 야수들 같으니라고! 다짜고짜 들이닥쳐 대문을 두드리네.
여기가 어디 친구네 집인 줄 아나! 누구라도 대문에 다가오다가
잡히기만 해봐라. 온 동네가 보는 앞에서
내가 그자에게 본때를 보여주지 않으면, 그때는 *(관객에게)*
여러분, 날 별 볼일 없는 사람으로 여기시오!
한데 방금 그 녀석 누군지 몰라도 용케 빠져나갔군.

*(크네몬이 자기 집으로 퇴장하자 시콘이 어깨 너머로 말하며 등장한다)*

**시콘** 망할 녀석! 그가 너에게 욕설을 퍼부었다고? 아마도 네가

다짜고짜 졸랐던 게지. 하긴 그런 일을 어떻게 하는지
잘 모르는 사람들도 있지. 한데 나는 그 기술을 터득했지.
나는 시내에서 수많은 사람들에게 봉사하는지라
그들의 이웃들을 성가시게 하며 그들 모두에게서
냄비를 빌리곤 하지. 빌리는 쪽에서 비위를 맞춰야 해.
나이 든 사람이 문으로 다가오면 나는 일단
'어르신' 또는 '아버님'이라 부르고, 노파가 다가오면
'어머님'이라고 부르지. 그리고 중년 부인이 다가오면
'사모님'이라 부르고, 젊은 하인이 다가오면
'여보시게'라고 하지. 너희들은 모두 매달려도 싸!
어떻게 그렇게 무식하다니. 게 아무도 없느냐?
나야 나. 이리 오너라, 얘야! 네가 필요하단 말이다.

*(시콘, 대문을 두드린다)*

**크네몬** *(대문을 열며)*

또 너냐?

**시콘** *(크네몬의 기세에 흠칫하며)*

이게 무슨 짓이오?

**크네몬** 네가 날 약 올리기로 작정했구나. 내 집 대문에 다가오지 말라고
일렀을 텐데? 가죽끈 좀 갖다줘, 할멈!

*(하녀 시미케가 가죽끈을 건네주자 크네몬이 시콘을 친다)*

**시콘** 안 돼요. 날 놓으시오!

**크네몬** 뭐, 놓으라고?

**시콘** 제발 부탁이에요, 나리!

*(시콘, 뿌리치며 달아난다)*

**크네몬** 냉큼 돌아오지 못해!

**시콘** 젠장!

**크네몬** 아직도 주둥아릴 놀리는 게냐?

**시콘** 뚝배기 좀 빌리러 왔다고요.

**크네몬** 내게는 뚝배기도 자귀도, 소금도 식초도
그 밖에 다른 것도 없어. 간단히 말해서 나는
동네 사람들 모두에게 나한테 접근하지 말라고 일러뒀어.

**시콘** 내겐 말하지 않았잖소.

**크네몬** 그렇담 말해두지 지금.

**시콘** 그래봐야 손해요. 그건 그렇고 어디 가면 프라이팬을
구할 수 있는지 말해줄 수 없겠어요?

**크네몬** 내가 말하지 않았더냐? 그 주둥아릴 아직도
놀릴 참이냐?

**시콘** 안녕히 계세요!

**크네몬** 너희 같은 것한테서 '안녕' 소리 듣고 싶지 않아!

**시콘** 그럼 안녕하지 마시든지.

**크네몬** *(집안으로 들어가며)*
참을 수 없는 재앙이야!

**시콘** *(어깨를 문지르며)*
흠씬 두들겨 맞았구나. 공손하게 청하는 법도
여러 가지지만 여기선 영 통하지 않네그려.
*(생각에 잠겨)* 딴 집에 가봐? 하지만 이곳 사람들이
그토록 권투에 능하다면 어렵겠어. 일단 고기를 모조리
굽는 수밖에, 아무리 생각해봐도.

프라이팬은 하나니까. 그나저나 잘 먹고 잘 사시구려,
퓔레 사람들이여! 나는 내가 가진 것들을 이용하겠소.

*(시콘이 사당 안으로 들어가자, 소스트라토스가 절뚝거리며 왼쪽에서 등장한다)*

**소스트라토스** 아직도 재앙이 모자란 사람은 퓔레로 오시오.
사냥하러. 어이구, 아파. 내 허리, 내 등,
내 목! 한마디로 온몸의 뼈 마디마디가 쑤셔.
*(관객에게)* 내 젊음만 믿고 다짜고짜
있는 힘을 다해 덤벼들었지요. 일꾼처럼 곡괭이를
높이 쳐들었다가 깊숙이 내리꽂으면서,
쉬지 않고 힘껏 밀어붙였어요. 그런데 오래가지는
못했지요. 그리고 나는 영감이 언제
딸을 데리고 오는지 보려고 연방 주위를
주시했소. 그때였소. 허리가 결리기 시작했어요.
처음엔 대수롭지 않더니 시간이 갈수록
심해지면서 등이 굽기 시작했고
차츰 몸이 널빤지처럼 뻣뻣해졌어요. 하지만 아무도
오지 않았어요. 해는 지글지글 타고.
고르기아스가 유심히 살펴봤더라면 내가 우물 지렛대처럼
간신히 위로 올라갔다가 온몸이 도로 아래로
기울어지는 것을 볼 수 있었을 거예요. "이봐, 젊은이!" 하고
그는 말했어요. "지금은 그분이 안 올 모양이오." "그럼 어떡하죠" 하고
내가 지체 없이 대답했지요. "내일 그분을 기다리기로 하고
오늘은 그만할까요?" 그때 다오스가 나타나더니

나와 교대하여 땅 파는 일을 맡았어요. 내 첫 번째 진격은
이렇게 끝나고 말았어요. 지금 나는 이곳에 와 있어요.
하지만 왜 그랬는지는 나도 모르겠어요.
사건에 이끌려 저절로 이곳에 오게 됐나봐요.

*(게타스, 사당에서 나오더니 눈을 비비며 어깨 너머로 말한다)*

**게타스** 제기랄! 여보시오, 내 손이 뭐 서른 쌍이나
되는 줄 아시오? 나는 당신을 위해
숯불을 피우고, 날라오고, 씻고, 내장을 썰었소.
그것도 동시에 말이오. 나는 반죽을 이기고,
여기 이것은 저쪽으로, 저기 저것은 이쪽으로
옮겨놓았소. 연기에 완전히 장님이 된 채.
나야말로 잔칫날 당나귀 신세라니까요.[27]

**소스트라토스** 이봐, 게타스!

**게타스** *(여전히 눈을 비비며)*
날 찾는 이가 뉘시오?

**소스트라토스** 나야 나.

**게타스** 내가 대체 누군데?

**소스트라토스** 안 보여?

**게타스** 보여요. 도련님이시군요.

27 축제 때 사람들은 자기들끼리만 즐기고 당나귀는 짐만 나른다는 뜻이다. 아리스토파네스(Aristophanes), 『개구리』(*Batrachoi*) 159행 참조.

**소스트라토스** 말해봐. 너희들 여기서 뭘 하고 있지?

**게타스** 왜 그러세요? 방금 제물을 바치고 점심 준비를 했지요, 뭐.

**소스트라토스** 어머니께서도 여기 와 계시냐?

**게타스** 아까부터요.

**소스트라토스** 아버지께서도?

**게타스** 곧 오실 거예요. 안으로 드시죠!

**소스트라토스** 잠시 일 좀 보고. 어떻게 보면 여기 이 제물은
시의적절한 것 같아. 지금 이대로
곧장 들어가 여기 이 젊은이와 그의 하인을
초대해야지. 그들이 제물에 초대받으면
앞으로 더 적극적으로 내 결혼 계획을
밀어주게 될 테니까 말이야.

**게타스** 뭐라고 하셨죠? 가셔서 점심식사에 손님들을
초대하시겠다고요? 저로서는 삼천 명이 와도 좋아요.
저한테까지는 한 입도 음식이 안 돌아온다는 것을
오래전부터 알고 있었으니까요. 그건 쉽지 않겠지요.
몽땅 초대하세요. 훌륭한 양 한 마리를 제물로 바쳤으니
보기에는 그럴듯하지요. 하지만 여기 이 여자들이
세련되기는 해도 과연 저와 나눠 먹으려 하겠어요?
천만에. 그들은 쓴 소금 알갱이 하나도 안 줄걸요.

**소스트라토스** 게타스, 잘될 거야. 오늘은. 그것은 내가 직접 장담하지.
오오! 판 신이시여, 나는 지나갈 때마다 당신께 기도드리곤 해요.
그리고 앞으로도 나는 호의를 베풀겠어요.

*(소스트라토스가 이렇게 말하고 왼쪽으로 퇴장하자, 크네몬의 집에서 시미케가 등장한다)*

시미케 *(게타스가 있는 줄 모르고)*

이거 큰일 났군! 큰일 났군, 큰일 났어!

게타스 *(혼잣말로)*

지옥에나 떨어져라! 누가 왔나 했더니 영감 집 여자 아냐!

시미케 내가 큰 봉변을 당하게 생겼네.
가능하다면 나리 모르게 나 혼자서
우물에서 두레박을 건지려고
그 곡괭이를 약간 썩은 밧줄에 그냥 맸더니
밧줄이 그만 끊어져버렸지 뭐야!

게타스 *(혼잣말로)*

아이고, 고소해!

시미케 그래서 두레박뿐만 아니라 곡괭이마저 우물에
빠뜨리고 말았지 뭐야. 아아, 가련한 내 신세!

게타스 *(혼잣말로)*

이제 남은 것은 할멈 자신이 뛰어드는 것뿐이야.

시미케 그런데 일이 꼬이느라고 나리께서 마당에 쌓인 거름을
내리고 아까부터 곡괭이를 찾아 온 사방을 돌아다니며
고함을 지르시지 뭐야. 지금은 대문을 요란스레 흔드시네.

게타스 내빼세요, 불쌍한 할멈! 내빼세요! 그분은 당신을
죽일 거예요. 아니, 차라리 맞서는 게 낫겠어요.

크네몬 *(집에서 뛰어나오며)*

범인은 어디 있어?

시미케 나리, 빠뜨리려고 했던 건 아녜요.

크네몬 *(자기 집 대문을 가리키며)*

안으로 들어가!

**시미케** 말씀해보세요. 어떡하실 작정이세요?

**크네몬** 나 말이냐? 너를 묶어서 내릴 참이다.

**시미케** 제발 그러지 마세요, 나리!

**크네몬** 같은 밧줄에다 말이야.

**게타스** *(혼잣말로)*

그게 아주 썩었으면 가장 좋겠다.

**시미케** 이웃에 사는 다오스를 부를까요?

**크네몬** 못된 것. 나를 망쳐놓고 뭐 다오스를 부르겠다고?
내 말 안 들려? 어서 안으로 들어가라니까!
*(시미케, 집안으로 들어간다)* 나야말로 불쌍하구나!
내가 우물에 들어가야지. 달리 방법이 없잖아!

**게타스** *(크네몬에게)*

우리가 갈고리와 밧줄을 갖다드릴게요.

**크네몬** 모든 신들께서 너를 가장 비참하게 망쳐놓으시기를!
네가 내게 주둥아리를 놀리면 말이다.

*(크네몬, 집안으로 퇴장)*

**게타스** 그러면 내가 그런 일을 당해도 싸지. 도로 안으로 들어갔구나.
오오, 불쌍하고 불쌍한 사람! 이게 무슨 팔자인가?
하지만 바로 이게 진짜 앗티케 농부야.
바위투성이 땅과 싸워가며 백리향과 샐비어를
재배하지만 이득은 없고 남는 것은 고생뿐이지.
저기 도련님이 오고 있구나, 손님들을
데리고. 그들은 이 지방
일꾼들이 아닌가! 참 이상하네.
어째서 도련님이 지금 저들을 데려오며,

어떻게 저들을 알게 된 걸까?

**소스트라토스** *(고르기아스와 다오스를 데리고 왼쪽에서 등장하며)*

설마 거절하지는 않으시겠죠. 무엇이든 다 있어요.
친구가 제물을 바친 뒤 점심에 초대하는데
그걸 딱 잘라 거절할 사람이 세상 어디에 있겠소?
잘 알아두시오. 나는 당신을 만나기 오래전부터 당신 친구였소.
다오스, 여기 이 농기구들을 들여놓고 너도 와!

**고르기아스** 어떤 일이 있더라도 내 어머니를 혼자 집에
남겨두지 말고 필요한 것이 있으시면 무엇이든
보살펴드리도록 해. 나도 곧 돌아갈 테니까.

*(소스트라토스와 고르기아스와 게타스는 사당 안으로 들어가고
다오스는 고르기아스의 집에 들어간다)*

코로스의 세 번째 간주곡이 나온다.

# 제4막

*(시미케, 크네몬의 집에서 등장)*

**시미케** 사람 살려! 아아, 불쌍한 내 신세. 사람 살려!

**시콘** *(화가 나서 사당에서 나오며)*

헤라클레스[28] 왕이시여. 신들과 정령들의 이름으로 비노니,
제발 우리가 헌주할 수 있게 해주소서![29] 한데 당신네들은
지금 욕설을 하며 우리를 치고 있어요. 지옥에나 떨어지구려!
이 무슨 난장판이란 말인가?

**시미케** 나리께서 우물 안에 계신단 말이오.

**시콘** 어쩌다가?

**시미케** 어쩌다가요? 곡괭이와 두레박을 건지려고 내려가시다가
위에서 미끄러져 안에 퐁당 빠져버렸지 뭐예요.

**시콘** 설마 여기 있던 그 괴팍한 영감을 말하는 건 아니겠지?
그렇다면 백번 잘된 일이고.
이봐 할멈, 그건 이제 당신이 알아서 할 일이야.

**시미케** 어떻게요?

**시콘** 회반죽이나 돌덩이 같은 것을 손에 들고
위에서 그에게 떨어뜨리라니까.

**시미케** 이봐요, 제발 좀 아래로 내려가주세요!

**시콘** 맙소사. 우화에 나오는 그 사람처럼 우물 안에서
개와 싸우게?[30] 그런 일은 결코 없을 거야.

**시미케** 고르기아스, 대체 어디 있는 거예요?

**고르기아스** *(사당에서 나오며)*
내가 대체 어디 있느냐고? 무슨 일이지, 시미케?

**시미케** 나리께서 우물 안에 계세요.

**고르기아스** *(사당 입구를 향해 소리친다)*
소스트라토스, 이리 나와보시오! *(소스트라토스, 사당에서 나온다)*
자 할멈, 집안으로 인도하구려. 어서!

*(고르기아스와 소스트라토스와 시미케, 크네몬의 집안으로 퇴장)*

**시콘** 과연 신들께서 계시는구나. 당신은
제물 바치는 이들에게 뚝배기도 빌려주지 않았지.

28 헤라클레스(Herakles)는 제우스와 알크메네(Alkmene)의 아들로 수많은 괴물들을 퇴치한 그리스의 대표적인 영웅이다.

29 당시 그리스인들은 제물을 바치고 점심을 먹은 뒤, 본격적인 주연에 들어가기 전에 먼저 신들에게 헌주했다.

30 원예사가 개를 구하려고 우물 안으로 내려가자, 주인이 자기를 익사시키려는 줄 알고 개가 원예사를 물었다는 우화는 도서출판 숲에서 나온 졸역 『이솝 우화』 155번 참조.

신전을 모독하는 이 노랑이야. 이제 우물에 빠졌으니
다 마셔버려. 어느 누구에게도 물을 나눠줄 필요가 없도록.
오늘은 나를 위해 요정들께서 복수해주신 거야.
그것도 아주 정당하게. 요리사를 해코지하고도
무사히 도망친 사람은 아무도 없어.
우리의 기술은 아마도 신성한 것인가봐.
그러나 웨이터는 당신 마음대로 해도 돼.
아니, 그는 죽지 않았나봐. 어떤 소녀가 '사랑하는 아빠' 하며
울부짖고 있으니 말이야. 그게 나와 무슨 상관이지 · · ·

(650~653행은 없어졌다. 이 행에서는 크네몬이 우물에서 구출되는 장면을 시콘이 상상한 것으로 추정된다. 654~665행은 손상되어 있다)

분명히 · · ·
그를 끌어올리는 · · ·
그리고 그의 꼬락서니가 · · ·
뭐와 같을 것이라고 여러분[31]은 생각하시오?
물에 빠져 벌벌 떠는 꼴이라니. 참 볼 만하겠네요.
여러분들, 정말이지 나는 그 꼴을 꼭 한번 보고 싶어요.
여인들[32]이여, 그들을 위해 헌주하시오!
그리고 기도하시오. 영감이 구출되더라도 잘못되어
병신이 되고 절름발이가 되도록 말이오. 그러면 그는
여기 계신 이 신과 제물 바치러 오는 이들에게
가장 무해한 이웃이 되겠지요. 그것은 나에게도
중요한 일이오. 누가 언젠가 나를 고용하게 된다면.

*(시콘이 사당에 들어가자, 소스트라토스가 크네몬의 집에서 등장한다)*

**소스트라토스** *(관객에게)*

여러분, 데메테르[33]에 맹세코, 아스클레피오스에 맹세코,
모든 신들에게 맹세코, 나는 태어나서 여태까지
어떤 사람이 이보다 더 시의적절하게 반쯤 익사한 것을
본 적이 없어요. 얼마나 재밌었는지 몰라요!
우리가 들어가자마자 고르기아스는 곧장
우물 안으로 뛰어들었고, 나와 소녀는
위에서 아무것도 하지 않았으니까요. 하긴 우리가
뭘 할 수 있었겠어요? 소녀는 울면서 자기 머리를
쥐어뜯으며 가슴을 세게 내리치고,
행운아인 나는 그야말로 유모처럼
그녀 곁에 서서 그러지 말라고 간청하며
흔치 않은 그녀의 미모를 보고
즐기는 것 말고는. 나는 아래에 있는 부상자[34]에게는
아무 관심도 없었어요. 쉴 새 없이 그를
끌어올리려는 노력이 몹시 짜증스럽다는 것 말고는.
아닌 게 아니라 하마터면 나는 그를 빠뜨려 죽일 뻔했어요.
소녀를 돌보느라 나는 세 번쯤 밧줄을 놓아버렸으니까요.
하지만 고르기아스는 예사 아틀라스[35]가 아니었어요.

31 관객.

32 사당 안에 있는 여인들을 말한다.

33 데메테르(Demeter)는 그리스 신화에서 농업과 곡물의 여신이다.

34 크네몬.

그는 꼭 잡고는 놓지 않았고 힘들기는 했어도
그를 끌어올리는 데 성공했어요. 그가 밖으로 나오자
나는 이리로 왔지요. 나는 더 이상 자신을 억제하지 못하고
하마터면 소녀에게 다가가 키스할 뻔했으니까요.
그만큼 열렬히 나는 사랑에 빠져 있어요.
나는 지금 마음의 준비를 하고 있는 중이라오 · · ·
문 여는 소리가 들리는구나. 이 얼마나 희한한 광경인가!

*(크네몬이 바퀴 달린 긴 의자에 실려 나온다. 고르기아스와 소녀가 그와 함께하고 있다)*

**고르기아스** 필요하신 게 있으면 말씀하세요, 크네몬 씨!

**크네몬** 뭐라고? 그래, 난 처지가 딱하지.

**고르기아스** 힘내세요!

**크네몬** 그랬었지. 앞으로 이 크네몬은 더 이상
너희들을 괴롭히지 않을 거야.

**고르기아스** 아시겠어요. 이게 다 혼자 살기 때문에 생기는 불상사예요.
좀 전에 하마터면 돌아가실 뻔했잖아요.
그런 연세에는 돌봐줄 사람과 함께 사셔야죠.

**크네몬** 그래, 난 처지가 딱하지. 나도 알아.
고르기아스, 자네 어머니를 불러주게나.
되도록 빨리. 우리는 아마도 재앙을 통해서만
배울 수 있나봐. 내 딸아,
내가 일어설 수 있도록 나를 좀 붙잡아주겠니?

**소스트라토스** *(지켜보고 있다가)*
난 참 행운아야!

**크네몬** *(소스트라토스에게)*

너는 왜 거기 서 있는 거냐, 이 한심한 녀석아?

(703~707행은 없어지고 708~711행은 심하게 손상되어 있다. 이 부분에서 소스트라토스는 퇴장하고, 고르기아스는 어머니 뮈르리네를 데리고 나오는 것으로 추정된다)

· · · 너희들은 아무도
이에 관한 내 생각을 바꿀 수 없어.
그러니 너희들이 양보하도록 해!
아마도 내 잘못 중 하나는 모든 사람들 중에서 나만이 자족하고
어느 누구의 도움도 필요 없다고 믿었다는 거야.
하지만 지금 나는 죽음이 뜻밖에 갑자기 올 수 있음을
보았고, 내 믿음이 잘못된 것임을 알았어.
우리는 항상 도와줄 사람이 필요해. 그것도 당장 말이야.
사실 나는 사람들이 어떻게 모든 것을
자기 이익을 위해 계산하는지 보고는
비뚤어지기 시작했고, 사람들이 이해관계를 떠나
서로 호의를 베푸는 것은 불가능하다고 믿었지.
그게 내 잘못이었어. 방금 고르기아스가 고상한 행동으로
혼자서 그것을 입증했어. 나는 그가 내 대문에

35 아틀라스(Atlas)는 그리스 신화에서 이아페토스(Iapetos)의 아들로 티탄(Titan) 신족(神族)과의 전쟁에서 티탄 신족을 편든 까닭에 제우스에 의해 하늘을 어깨에 떠메고 있는 벌을 받게 된다.

접근하지 못하게 했고, 조금도 그를 도와준 적이 없으며,
그에게 인사하거나 말 한마디 상냥하게
건넨 적이 없건만, 그래도 그는 나를 구해주었으니 말이야.
다른 사람 같으면 당연히 이렇게 말했겠지. "네가 나를 접근하지
못하게 했으니 나도 안 가. 네가 우리 가족에게 아무것도 해주지
않았으니 나도 지금 너에게 그럴래." *(칭찬의 말에 쑥스러워하는 고르기아스에게)*
왜 그래, 젊은이? 내가 지금 죽든 —그럴 수도 있어. 나는 지금
상태가 안 좋으니까— 아니면 살든 나는 너를 내 아들로 삼으니
내 전 재산을 네 것으로 여기도록 해라. 그리고 여기 딸애의
후견인이 되어, 네 누이에게 남편을 구해주어라. 설사 내가
완쾌되더라도 그 일은 할 수 없어. 나를 만족시킬 사람은 아무도
없을 테니까. 내가 살게 되면 나는 내 멋대로 살게 내버려두고,
다른 일은 모두 네가 맡아 직접 처리하도록 해라.
다행히 너는 양식(良識)이 있고, 또 네 누이의 후견인이기도 하니,
내 재산을 둘로 나누어 반은 딸애에게 지참금으로 주고
나머지 반을 가지고 나와 네 어머니를 돌보도록 해라.
*(딸에게)* 얘야, 나를 도로 눕혀다오! 필요 이상으로
말해서는 안 된다는 게 내 생각이야. 그래서 한 가지만 덧붙이겠다.
나 자신과 내 방법에 관해 몇 마디 해두고 싶어.
사람들이 모두 나 같으면 법정도 없고,
서로 감옥에 보내는 일도 없고, 전쟁도 없을 거야.
저마다 적은 재산으로도 만족할 테니까.
하지만 그런 것들이 더 마음에 들지도 모르지. 그러면 그렇게 살아!
이 괴팍스런 심술쟁이 영감은 너희들을 방해하지 않을 테니까.

**고르기아스** 다 받아들일게요. 한데 도와주시겠다면 우리는 지금 당장

소녀를 위해 신랑감을 구해야 해요. 동의하신다면 말예요.

**크네몬** 이것 봐, 너에게 내 의중을 다 털어놓지 않았더냐?
제발 날 귀찮게 하지 마!

**고르기아스** 누가 만나 뵙겠다고 하는데요 · · ·

**크네몬** 만나지 않겠네. 절대로.

**고르기아스** · · · 따님과 결혼하겠다며.

**크네몬** 난 이제 그 일에 더 이상 관심 없다니까.

**고르기아스** 하지만 아버지를 구하도록 도와준 사람이에요.

**크네몬** 누군데?

**고르기아스** 이 사람이에요. *(소스트라토스에게)* 여보시오, 가까이 오시오!

**크네몬** 햇볕에 탔구먼. 농분가?

**고르기아스** 그래요, 아버지. 그는 약골이 아니며, 온종일
빈둥빈둥 돌아다니는 그런 부류가 아녜요.

(756~757행은 심하게 손상되어 있다. 이 부분에서 크네몬은 결혼을 승낙한 것으로 추정된다)

**크네몬** 나를 안으로 밀어줘. 그 사람은 네가 만나봐!
그리고 누이를 잘 돌봐주도록 해!

*(크네몬이 앉아 있는 긴 의자가 안으로 밀려들어간다)*

**고르기아스** 이 일을 가족과 상의하는 게 좋겠소, 소스트라토스!

**소스트라토스** 아버지께서는 반대하시지 않을 거요.

**고르기아스** 좋소. 그렇다면 나는 모든 신들이 보시는 앞에서 정당하게

그녀를 당신에게 아내로 맡기겠소, 소스트라토스!
당신은 이 일에 접근할 때 성격을 가장하지 않고
솔직했으며, 이 결혼을 위해 무슨 짓이든 할 각오가 돼 있었소.
당신은 사치스럽게 살았는데도 곡괭이를 들고 땅을 팠고
노고도 마다하지 않았소. 인간은 자기가 유복한데도
가난한 사람을 자기와 동등하게 여길 때 그 진가가
드러나는 법이오. 그런 사람은 변화무쌍한 운명을
꿋꿋이 견딜 것이오. 당신은 당신의 성격을 충분히 보여주었소.
부디 앞으로도 변치 마시오!

**소스트라토스** 나는 더 나아질 것이오. 하지만 제 자랑은 진부한 것이오.
마침 저기 아버지께서 오시는 것이 보이는구먼.

**고르기아스** 칼립피데스가 당신 아버지란 말이오?

**소스트라토스** 그렇소.

**고르기아스** 그분은 정말로 부자예요.
당연하지요. 그분은 비길 데 없는 농부니까요.

*(칼립피데스, 오른쪽에서 등장)*

**칼립피데스** 내가 너무 늦었나? 다른 사람들은 양을 먹어치우고
벌써 오래전에 돌아갔나봐.

**고르기아스** 몹시 시장하신가봐요. *(소스트라토스에게)* 지금 당장 말씀드릴까요?

**소스트라토스** 먼저 점심을 드시게 하시오. 그러고 나면 더 너그러워지실 것이오.

**칼립피데스** *(그제야 소스트라토스를 알아보고)*
웬일이냐, 소스트라토스? 점심은 끝났냐?

**소스트라토스** 네. 하지만 아버지 몫은 남겨두었어요. 들어가시죠.

**칼립피데스** 그러잖아도 그러는 중이다.

*(칼립피데스, 사당 안으로 퇴장)*

**고르기아스** 지금 안으로 들어가 단둘이 있는 자리에서 아버지께 말씀드리시오. 당신이 원한다면 말이오.

**소스트라토스** 그러면 당신은 집안에서 기다리겠소?

**고르기아스** 나는 집 밖에 나가지 않을 것이오.

**소스트라토스** 그럼 잠시 뒤 당신을 부르겠소.

*(소스트라토스는 사당 안으로 들어가고, 고르기아스와 뮈르리네와 소녀는 크네몬의 집안으로 들어간다)*

코로스의 네 번째 간주곡이 나온다.

# 제5막

*(소스트라토스와 칼립피데스, 사당에서 등장)*

**소스트라토스** 그렇다면 제 소망과 기대를 모두
이루어주시는 것은 아녜요, 아버지!

**칼립피데스** 어째서? 내가 동의하지 않더냐? 나는 네가 사랑하는 여자와
결혼하기를 원해. 아니, 결혼해야 한다고 말했어.

**소스트라토스** 그것만으로는 안 돼요.

**칼립피데스** 안 될 리가 있나! 내가 알기로,
젊은이를 재촉하는 것이 사랑이라야
그 결혼은 그만큼 더 든든한 법이야.

**소스트라토스** 그래서 그 젊은이의 누이와 저는 결혼하게 될 거예요.
그가 우리의 체면을 손상하지 않으리라 믿고서 말예요.
그렇다면 어째서 그 대신 그에게
내 누이를 주기를 거절하시는 거예요?

**칼립피데스** 그건 부끄러운 짓이라고? 하지만 난 가난한 며느리와

가난한 사위를 한꺼번에 보고 싶진 않아. 하나면 충분해.

**소스트라토스** 돈 이야기로군요. 하지만 돈은 믿을 게 못 돼요.
돈이 언제까지나 아버지와 함께할 것이라고 확신하신다면
그것을 지키시고, 어느 누구에게도 가지신 것을
나눠주지 마세요. 그러나 아버지께서 주인이 아니시고,
모든 게 아버지 자신의 것이 아니라 행운한테 빌리신 것이라면
누가 그것을 나눠 갖는 것을 시기하지 마세요, 아버지!
행운은 아버지한테서 다 빼앗아 어쩌면
그럴 가치도 없는 사람에게 넘겨줄지도 모르니까요.
그래서 말씀드리는 것이오니, 아버지께서 주인이신 동안
손수 푸짐하게 쓰시고, 누구나 다 도와주시고,
되도록 많은 사람들을 아버지의 힘으로
부자로 만드셔야 해요. 그런 선심(善心)은
죽지 않으니까요. 아버지께서도 언젠가 넘어지시게 되면
그 선심으로부터 똑같은 보답을 받으실 거예요.
묻혀 있는 숨은 부(富)보다는
눈에 보이는 진정한 친구가 훨씬 나은 법이지요.

**칼립피데스** 내가 어떤 사람인지는 너도 알지 않느냐, 소스트라토스?
나는 모은 돈을 결코 나를 위해 묻지 않을 것이다.
어찌 그럴 수 있겠냐? 그건 다 네 거야. 네가 친구를
발견하고는 그를 붙들어두고 싶다고? 잘해봐!
내게 설교할 필요 없다. 어서 가서 나눠주어라!
나는 너에게 완전히 설득되었으니까. 그것도 기꺼이!

**소스트라토스** 기꺼이라고요?

**칼립피데스** 그렇다니까. 걱정할 것 없다.

**소스트라토스** 그러시다면 고르기아스를 부를게요.

**고르기아스** *(크네몬의 집에서 등장하며)*
나는 밖으로 나오다가 대문간에서
당신들의 이야기를 처음부터 다 들었소.
좋아요, 소스트라토스. 나는 당신이
성실한 친구라는 것을 인정하며, 당신을 무척 좋아하오.
하지만 나는 내가 감당할 수 없는 일은 원치 않으며,
또 내가 원한다 해도 결코 해낼 수 없소.

**소스트라토스** 무슨 말을 하는 건지 나는 잘 모르겠소.

**고르기아스** 나는 내 누이를 당신에게 아내로 줄 것이오.
하지만 당신 누이와의 결혼은 사양하겠소.

**소스트라토스** 왜 사양하겠다는 거요?

**고르기아스** 나는 남들이 애써 번 것으로 사치스럽게 살고
싶지 않소. 나 자신이 번 것으로 만족해요.

**소스트라토스** 그건 말도 안 되는 소리요, 고르기아스!
당신은 자신이 이 결혼에 어울리지 않는다고 생각하오?

**고르기아스** 나 자신이야 그녀에게 어울린다고 생각하오만,
가진 것이 적으면서 많이 바란다는 건 어울리지 않는 일이오.

**칼립피데스** 가장 위대하신 제우스에 맹세코, 당신의 심성은
고상하지만, 뭔가 앞뒤가 맞지 않는 것 같소.

(836~841행은 심하게 손상되어 있어 문맥에 따라 재구성한 것이다)

**고르기아스** 어떻게 말이오?

**칼립피데스** 당신은 가난하면서도 부자처럼 보이려고 하니 말이오.

내가 설득당하는 것을 보았을 테니 당신도 승낙하시오!

**고르기아스** 그렇게 하지요. 나는 가난한 데다 마음까지
삐뚤어질 테니까요. 내게 살길을 가리켜주는
하나뿐인 사람을 피한다면 말이오.

**소스트라토스** 잘했소. 이제 남은 일은 우리가 약혼하는 것이오.

**칼립피데스** 나는 내 딸을 자네와 약혼시키네, 젊은이.
적손(嫡孫)을 보기 위해.[36] 그리고 나는
내 딸과 함께 3탈란톤의 지참금을 주겠네.[37]

**고르기아스** 그리고 나는 다른 소녀를 위해 1탈란톤의 지참금을 갖고 있소.

**칼립피데스** 갖고 있다고? 너무 무리하는 거 아닌가?

**고르기아스** 저에게는 농토가 있어요.

**칼립피데스** 그건 자네가 다 가지게나, 고르기아스!
자, 이젠 가서 자네 어머니와 누이를
여기 우리 곁에 있는 여인들에게로 데려오게나!

**고르기아스** 그래야죠.

**소스트라토스** 오늘 밤은 우리 모두 이곳에서 잔치를 벌이고
결혼식은 내일 올릴 수 있을 거예요.

36 결혼식 때 말하는 이 상투 문구에 관해서는 『사모스의 여인』 727행, 『삭발당한 여인』 1013~1014행 참조.

37 탈란톤(talanton)은 고대 그리스의 화폐단위이다. 당시 그리스의 화폐단위는 다음과 같다.

| 탈란톤(talanton) | 므나(mna) | 드라크메(drachme) | 오볼로스(obolos) |
|---|---|---|---|
| 1 | 60 | 6,000 | 36,000 |
| | 1 | 100 | 600 |
| | | 1 | 6 |

그리고 고르기아스, 영감님도 이리 모셔오시오!
아마도 여기 우리 곁에 계셔야만
더 나은 대접을 받으시게 될 것이오.

**고르기아스** 원치 않으실 것이오, 소스트라토스!

**소스트라토스** 설득해보시오!

**고르기아스** 할 수 있다면!

*(고르기아스, 크네몬의 집안으로 퇴장)*

**소스트라토스** 우리는 오늘 멋진 주연을 벌여야 해요, 아버지.
그리고 여자들은 밤새도록 시중들어야 해요.

**칼립피데스** 그 반대로 해야지. 여자들은 마시고 우리가
밤새도록 일해야 해. 내가 지금 가서
너희들을 위해 필요한 준비를 하겠다.

*(칼립피데스, 사당 안으로 퇴장)*

**소스트라토스** 그렇게 하세요. *(관객에게)* 현명한 사람은
어떤 일도 완전히 포기해서는 안 돼요.
끈기와 노력으로 이루어지지 않을 일이 어디 있겠어요!
내가 바로 그 진리의 살아 있는 증거라오.
세상에 누구도 가능하리라고 믿지 않던 결혼을
나는 하루 만에 이루어냈으니 말이오.

*(고르기아스, 자기 어머니와 소녀를 데리고 크네몬의 집에서 등장)*

**고르기아스** 자, 따라오세요. 어서!

**소스트라토스** 이쪽으로 오세요. *(큰 소리로)* 어머니, 이분들을 받으세요.
*(고르기아스에게)* 크네몬 씨는 아직 안 오셨소?

**고르기아스** 그분은 시미케 노파마저 데려가라고 간청하셨소.
옆에 아무도 없이 당신 혼자 계시려고 말이오.

**소스트라토스** 정말 못 말릴 분이시군요.

**고르기아스** 그런 분이시오.

**소스트라토스** 그렇게 하시라지요. 자, 안으로 드십시다!

**고르기아스** 소스트라토스, 여자들과 한곳에 있자니 쑥스럽네요 · · ·

**소스트라토스** 실없는 소리! 들어가시오!
잘 알아두시오. 그들은 이제 다 한가족이오.

*(그들이 사당 안으로 들어가자, 시미케가 어깨 너머로 말하며 크네몬의 집에서 등장한다)*

**시미케** 아르테미스[38]에 맹세코, 저도 가겠어요. 집에
혼자 누워 계세요. 나리는 정말 딱한 분이세요.
그분들이 사당으로 모시려 하는데 나리께서 거절하셨어요.
두 분 여신[39]에 맹세코, 나리께서는 큰 불행을,
지금보다 훨씬 더 큰 불행을 당하시게 될 거예요.

**게타스** *(사당에서 등장하며)*
가서 둘러봐야지.

*(피리 연주자가 피리를 불기 시작한다)*

38 아르테미스(Artemis)는 그리스 신화에서 제우스와 레토(Leto)의 딸로, 아폴론의 쌍둥이 누이이다. 그녀는 궁술과 사냥과 순결의 여신이자 어린 야수들의 보호자이다.

39 '두 분 여신'이란 데메테르와 그녀의 딸 페르세포네(Persephone)를 가리킨다. 이들은 엘레우시스(Eleusis) 비의(秘儀)의 여신들로, 특히 앗티케 민중에게는 친숙하고 중요한 여신들이다.

왜 내게 피리를 부는 거야, 이 빌어먹을 녀석아? 나는 아직
그럴 여가가 없어. 나는 환자를 만나보도록 이리로 보내진 거야. 닥쳐!
*(음악이 그친다)*

**시미케** 당신들 중 한 명이 안에 들어가 그분 곁에 앉으시오!
나는 아기씨가 떠나기 전에 이야기 좀 하고 싶어요.
말을 걸며 작별인사를 하고 싶단 말예요.

**게타스** 잘 생각했소. 들어가시오. 그동안은 내가 그분을 보살필 것이오.
*(시미케, 사당 안으로 퇴장)*
아까부터 나는 이런 기회를 기다렸소. 하지만 노력이 필요했소.

(887~888행은 심하게 손상되어 있다. 문맥으로 보아 이 부분에서는 게타스가 크네몬의 상태를 확인하려고 문구멍으로 들여다본 것으로 추정된다)

· · · 와 · · ·
아직은 안 될 것 같은데. *(큰 소리로)* 이봐요, 요리사!
시콘! 이리 나와봐요, 어서!
정말로 재미있을 것 같아요.

**시콘** *(사당에서 등장하며)*
날 부르는 거야?

**게타스** 그래요. 아까 당한 수모를 앙갚음하고 싶지 않으시오?

**시콘** 아까 내가 당했다고? 이 비역쟁이야, 무슨 헛소리야?

**게타스** 심술쟁이 영감이 자고 있어요. 혼자서 말예요.

**시콘** 상태는?

**게타스** 아주 나쁘지는 않아요.

**시콘** 일어나서 우리를 칠 수 있을까?

**게타스** 일어나지도 못할 것 같아요, 내 생각에는.

**시콘** 아주 재미난 것을 말해주었구나. 들어가 뭘
빌려달라고 할래. 그러면 아마 미쳐 날뛰겠지.

**게타스** 저 거시기. 먼저 그를 밖으로 끌어내어
이곳에다 내려놓은 다음
대문을 치고 요구하며 약 올리면 어떨까요?
재미있을 거요. 틀림없이.

**시콘** 난 고르기아스가 두려워. 그가 우릴 붙잡으면
두들겨 패지 않을까 해서 말이야.

**게타스** 흥청망청 마시느라 저 안이 저렇게 소란스러운데
아무도 듣지 못할 거요. 이번에 그의 버릇을 완전히 고쳐놓아야 해요.
그는 이제 혼인으로 우리 가족이 되었소. 그가 앞으로도
계속해서 그런 식으로 나온다면 우리는 애먹게 될 거요.
어찌 안 그렇겠소?

**시콘** 네가 그를 이 앞으로 끌어낼 때 아무도 못 보게 해!

**게타스** 그럼 앞장서시오!

**시콘** 잠깐! 부탁이야. 나만 남겨두고 도망치지 마!

*(시콘, 크네몬의 집에 들어가 크네몬을 메고 나온다)*

**게타스** 조용히 해요, 제발!

**시콘** 조용히 하고 있어. 정말이라니까.

**게타스** 오른쪽으로!

**시콘** 저기!

**게타스** 여기 내려놓아요. 이제야 때가 왔어요.

*(시콘이 크네몬을 살며시 내려놓는다)*

**시콘** 좋아. 내가 먼저 시작할 테니 *(피리 연주자에게)* 너는 박자를 맞춰!
*(대문을 두드리며)* 여봐라, 게 아무도 없느냐? 여봐라, 게 아무도 없느냐?

**크네몬** *(고함에 놀라 깨며)*
어이쿠, 나 죽네!

**시콘** *(여전히 대문을 두드리며)*
여봐라, 게 아무도 없느냐? 여봐라, 게 아무도 없느냐?

**크네몬** 어이쿠, 나 죽네!

**시콘** *(그제야 크네몬을 처음 본 척하며)*
이게 누구야? 당신 이 집에서 왔소?

**크네몬** 물론이지. 원하는 게 뭐야?

**시콘** 당신 집에서 뚝배기와 대접을 좀 빌리고 싶소.

**크네몬** 누가 나를 똑바로 세워주겠나?

**시콘** 당신은 갖고 있소. 틀림없이 갖고 있소.
삼각대(三脚臺) 일곱 개와 식탁 열두 개도.
여봐라. 내 말을 안에 전하도록 해라. 난 아주 바빠.

**크네몬** 내겐 아무것도 없다.

**시콘** 없다고요?

**크네몬** 골백번도 더 말했잖아.

**시콘** 난 가겠소, 그렇다면.
*(시콘, 무대 위를 지나간다)*

**크네몬** 오오, 나야말로 불행하구나! 내가 대체 어떻게 이곳에 나왔지?
누가 나를 이 앞에다 내려놓았지? *(게타스에게)* 너도 꺼져버려!

**게타스** 그러죠. *(대문을 두드리며)* 얘야,[40] 여인들이여, 남자들이여, 문지기여!

**크네몬** 이 녀석이 미쳤나? 대문 부서지겠다.

**게타스** 카펫을 아홉 장만 빌려주시오!

**크네몬** 어디서 말이냐?

**게타스** 길이가 백 푸스[41]나 되는 외제 천으로 짠 커튼도.

**크네몬** 손잡이 가죽끈[42]이 있었으면!
할멈! 어디 있나, 할멈은?

**게타스** 다른 집 대문으로 가야 할까봐?

**크네몬** 너희들은 꺼져버려! 할멈! 시미케!
모든 신들께서 너희들에게 큰 재앙을 내려주시기를!
*(시콘, 앞으로 나온다)* 네가 원하는 게 뭐야?

**시콘** 포도주 희석용 동이[43]를 갖고 싶소. 큰 놈으로 말이오.

**크네몬** 누가 날 똑바로 세워주겠나?

**게타스** 당신은 갖고 있소. 틀림없이 갖고 있소.
커튼 말이오. 아저씨!

**크네몬** 포도주 희석용 동이도 없다니까. 나, 시미케를 죽여버릴 테다.

**시콘** 가만히 앉아 있으시오. 투덜대지 말고!
당신은 군중을 피하고 여자들을 미워하고 잔치에 참석하기를
거절했소. 당신은 이 모든 것을 참고 견뎌야 하오.
당신을 도와줄 사람은 아무도 없소. 이를 갈며
내 이야기를, 자초지종을 다 들어보시오!

40 당시 노예를 부를 때는 '얘야!'(pai)라고 불렀다.

41 당시 1푸스(pous)는 앗티케 지방에서 약 30센티미터였다.

42 후려치기 위한 가죽끈으로 보는 이들도 있다.

43 고대 그리스인들은 동이에다 포도주에 물을 1:3, 후일에는 2:3의 비율로 타서 묽게 해서 마셨다. 독한 술은 야만인들이나 마시는 것으로 건강에도 좋지 않다고 믿었던 것이다. 『사모스의 여인』 주 33 참조.

(935행의 끝부분과 936~937행은 대부분 손상되어 있다. 이 부분에서는 시콘이 잔치에서 있었던 일을 미사여구로 묘사한 것으로 추정된다)

· · · 와 · · ·

당신의 여인들이 도착했을 때
당신의 아내와 딸은 처음에 서로 손잡으며 다정하게
포옹했소. 그들은 즐거운 시간을 보내고 있었소.
그리고 조금 떨어진 곳에서 나는 남자들을 위해
술자리를 준비하고 있었소. 듣고 있소? 잠들지 마시오!

**게타스** 잠들기는요!

**크네몬** *(신음하며)*
아아!

**시콘** 어울리고 싶지 않다고요? 나머지도 잘 들으시오!
제주가 준비되자 나는 땅바닥에 깔개를 깔았소.
그리고 식탁들도 내가—그렇게 하는 게 내 직업이니까요.
듣고 있소? 나는 요리사요. 기억나시오?

**게타스** 이 양반 부드러워졌구먼!

**시콘** 벌써 누군가 해묵은 포도주를 두 손으로 우묵한 항아리에 부어
물의 요정들의 샘물과 섞더니[44] 빙 둘러앉은 남자들에게
돌렸고, 여자들에게는 다른 사람이 그렇게 했소.
하지만 그것은 모래밭에 물 붓기와 같았소. 짐작이 가시오?
그러자 젊은 하녀 하나가 약간 취해 꽃다운 얼굴을
베일로 가리고 박자에 맞춰 춤추기 시작했소.
아주 얌전하게, 수줍어하고 떨면서.
그러자 또다른 소녀가 그녀와 손잡고 춤추기 시작했소.

**게타스** 이 불쌍한 영감아, 이 무슨 끔찍한 불행이오. 자, 춤추시오.

똑바로 일어서서!

*(시콘과 게타스가 크네몬을 일으켜 세워 함께 춤추려고 한다)*

**크네몬** 너희가 원하는 게 뭐야, 이 망할 녀석들아?
**게타스** 그러지 말고 일어서보시오! 당신은 서투르군요.
**크네몬** 천만에!
**게타스** 안으로 모셔다드릴게요.
**크네몬** 어떡하라는 거야?
**게타스** 춤추세요!
**크네몬** 데려다줘! 그곳[45]에서 견디는 게 낫겠다.
**게타스** 이제야 철이 드셨네요. 우리가 이겼다!
*(큰 소리로)* 이봐, 도낙스,[46] 그리고 시콘, 당신도
이분을 들어올려 안으로 모시도록 해요.
*(크네몬에게)* 나리는 조심하세요. 또다시 성가시게 굴다가
잡히면 그때는 우리도 나리에게 상냥하게 대해주지
않을 거예요. 잘 알아두세요! *(큰 소리로)* 자, 누가 화관들과
횃불을 내오도록 해! *(누가 그것들을 내오자 나눠주며)*
이것 가지세요. *(모두들 사당 안으로 들어가자 관객을 향하여)*
여러분은 모두 우리가 괴팍한 영감을 길들이는 걸 보고

44 주 43 참조.
45 여기서 '그곳'이란 사당 안을 말한다.
46 도낙스(Donax)는 노예의 이름이다.

즐겼으니 노소불문하고 우리에게 갈채를 보내시오!
훌륭한 아버지에게서 태어나신 웃음을 좋아하시는
승리의 여신[47]께서는 언제까지나 호의로써 우리를 돌봐주시기를!

*(게타스, 사당 안으로 퇴장)*

47 승리의 여신 니케(Nike)는 헤시오도스(Hesiodos)에 따르면 티탄 신족인 팔라스(Pallas)와 스튁스(Styx)의 딸이다. 그러나 후기 신화에 따르면 니케는 아테나 여신의 친구이며, 아테나이에서는 아테나 여신의 별명이 되었다. 이 경우 니케는 제우스의 딸인 셈이다. 승리의 여신 니케와 연극 경연에 관해서는 『사모스의 여인』 주 66 참조.

# 중재 판정*

*『중재 판정』의 원제 Epitrepontes는 '중재 판정을 요청하는 사람들'이라는 뜻이다. 메난드로스 당시 중재 판정은 쌍방이 동의할 때 법적 효력이 있었다고 한다.

카리시오스가 집을 비운 사이 그의 아내 팜필레가 결혼한 지 5개월 만에 아이를 낳아, 노(老)유모 소프노네의 도움을 받아 내다버린다. 하인 오네시모스를 통해 이 사실을 알게 된 카리시오스는 집을 나가 친구 카이레스트라토스의 집에 머물며, 고급 창녀인 하프 연주자 하브로토논을 부르는 등 재산을 탕진하자, 팜필레의 아버지 스미크리네스가 노발대발한다.

팜필레가 버린 아이는 양치기 다오스가 주워 숯쟁이 쉬로스에게 주었는데, 그의 아내가 낳은 아이는 태어나자마자 죽었기 때문이다. 그러나 다오스와 쉬로스는 아이와 함께 발견된 패물을 두고 말다툼을 하다가 행인에게 중재 판정을 받기로 합의한다. 마침 그곳을 지나던 스미크리네스는 중재 판정을 요청받고는 패물은 부모가 아이에게 준 것인 만큼 당연히 아이에게 귀속되어야 한다고 판정한다. 오네시모스는 패물 가운데 하나인 반지가 자기 주인 카리시오스의 것임을 알아본다.

그사이 자신의 편협하고 독선적인 태도를 뉘우친 카리시오스가 자기는 결혼하기 전에 어떤 축제에서 팜필레를 유혹했으며, 바로 자기가 버려진 아이의 아버지라고 자백한다. 하브로토논의 호의적인 개입으로 모두가 화해한다. 이 희극은 스미크리네스가 일이 어떻게 돌아가는지도 모르고 눈치 없이 딸을 데려가려고 나타나는 장면으로 끝난다.

로마 희극작가 테렌티우스의 희극 『장모』(*Hecyra*)가 플롯 면에서 이 작품과 비슷하다.

**등장인물**

**카리시오스**(Charisios) 젊은 신사

**카이레스트라토스**(Chairestratos) 카리시오스의 친구이자 이웃

**오네시모스**(Onesimos) 카리시오스의 하인

**팜필레**(Pamphile) 카리시오스의 아내

**스미크리네스**(Smikrines) 팜필레의 아버지

**하브로토논**(Habrotonon) 하프 연주자, 창녀*

**쉬로스**(Syros) 숯쟁이. 카이레스트라토스의 하인

**다오스**(Daos) 양치기

**카리온**(Karion) 요리사

프롤로고스*는 어떤 신이 말하는 것으로 추정된다. 쉬로스의 아내, 팜필레의 노(老)유모인 소프로네(Sophrone), 시미아스(Simias)는 무언 배우들이다.

**장소**

아테나이 근교의 거리. 관객 왼쪽에 있는 것이 카리시오스의 집이고, 오른쪽에 있는 것이 카이레스트라토스의 집이다.

* 당시 고급 창녀들은 남자들의 연회에서 음악과 춤과 그 밖의 다른 유흥을 제공하곤 했다.

* 프롤로고스(prologos)는 일종의 서사(序詞)로, 메난드로스의 희극들에서는 드라마의 사건과 직접적인 관계가 없고 사건의 내막을 설명하는 역할을 할 뿐이다.

# 제1막

(제1막은 대부분 없어지거나 손상되어 있다. 현재 남아 있는 단편들과 전체적인 맥락으로 보아 이 드라마는 카리온과 오네시모스의 대화로 시작되는데, 이 대화에서 오네시모스는 카리시오스가 결혼 5개월 만에 아내가 출산한 것에 몹시 분개하여 이웃집을 찾아가 거기서 술과 여자로 슬픔을 달래고 있다는 사실을 관객들에게 알려주는 것으로 추정된다. 그러나 그 아이는 사실은 축제 때 카리시오스가 팜필레를 겁탈하여 낳은 아이로, 태어난 뒤 버려졌다가 카이레스트라토스의 하인에게 구출되었는데, 이 사실은 오네시모스가 아니라 어떤 신이 관객에게 알려준 것으로 추정된다. 고대 작가들이 인용한, 다음에 소개하는 6개의 단편은 모두 제1막에 속하는 부분들로 추정된다)

단편 1 (600 Kock)[1]

**카리온** 이봐, 오네시모스, 지금 자네 주인이 하프 연주자인 하브로토논을 보호하고 있고 얼마 전에 그녀와 결혼했다는 게 사실이야?

**오네시모스** 사실이죠.

단편 2 (849, 850 Kock)

**카리온** 오네시모스, 난 네가 좋아.
너도 꼬치꼬치 캐묻기 좋아하지.

**카리온** 아니, 내게는 모든 것을 다 아는 것보다
더 기분 좋은 일은 아무것도 없어.

단편 3 (3 Körte/Thierfelder)[2]

왜 점심 준비를 하지 않지? 그는 아까부터
식탁가에 앉아 있는데, 무료하게.

단편 4 (185 Kock)

(echinos는 주둥이가 넓은 큰 항아리의 일종으로, 메난드로스는 『중재 판정』에서 이 말을 썼다)

단편 5 (178 Kock)

만일 그런 일이 일어난다면, 그것은 소금에 절인 생선에 소금을 치는 격이겠지요.
– 메난드로스의 『중재 판정』에서

## 단편 6 (175 Kock)

게으름뱅이가 건강하면 열이 있을 때보다
훨씬 더 고약하지. 그는 쓸데없이
두 배나 먹으니까.
– 메난드로스의 『중재 판정』에서

*(프롤로고스에 이어지는 스미크리네스와 카이레스트라토스의 대화로 제1막은 끝난다. 그러나 대화 시작 전에는 스미크리네스는 독백하고 카이레스트라토스는 엿듣는다)*

**스미크리네스** 그 녀석이 비싼 포도주를 마신다고! 정말 놀랍구먼. 127
그 녀석이 술 마시는 것에 대해서는 말하지 않겠어.
믿어지지가 않아. 어떻게 감히 1홉[3]에 1오볼로스[4]씩이나 주고
포도주를 마실 수 있단 말이냐!

**카이레스트라토스** *(혼잣말로)* 내 그럴 줄 알았지. 그는 쳐들어가서
사랑 놀음을 망쳐놓겠지.

1 여기서 Kock는 T. Kock, *Comicorum Atticorum Fragmenta Ⅲ*, Leipzig 1888을 말하며 그 앞에 있는 숫자는 앗티케 희극 단편들을 정리할 때 붙인 번호이다.

2 여기서 Körte/Thierfelder는 A. Körte/A. Thierfelder, *Menandri quae supersunt Ⅱ*, Leipzig 1953, $^{2}$1959를 말하며 그 앞에 있는 숫자는 이들이 앗티케 희극 단편들을 정리할 때 붙인 번호이다. 이 단편들과 그 밖에 다른 단편들의 출처에 관해서는 *Menandri Reliquiae Selecta*, recensuit F. H. Sandbach, Oxford 1990, p. 97~98, 130 참조.

3 홉의 원어는 kotyle로 0.273리터이다.

4 오볼로스(obolos)는 고대 그리스의 화폐단위이다. 당시 그리스의 화폐단위에 관해서는 『심술쟁이』 주 37 참조.

**스미크리네스** 하지만 그게 나와 무슨 상관이야! 망할 녀석 같으니라고.
녀석은 현금으로 4탈란톤의 지참금[5]을 받았건만,
그런데도 내 딸과 같이 살 생각은 않고
외박이나 하며 뚜쟁이에게
날마다 12드라크메씩이나 뿌리다니!

**카이레스트라토스** 12드라크메라! 그는 전후 사정을 환히 꿰고 있구먼.

**스미크리네스** 그 돈이면 한 사람의 한 달하고도 엿새 생활비야.

**카이레스트라토스** *(혼잣말로)*
정확한 계산이야. 하루에 2오볼로스씩이라.
굶주리는 사람이 보리죽 한 그릇은 능히 먹을 수 있는 금액이지.

*(이때 하브로토논이 카이레스트라토스의 집에서 나온다)*

**하브로토논** 카리시오스가 당신을 기다리고 있어요, 카이레스트라토스 씨!
이봐요, 여기 이분은 누구시죠?

**카이레스트라토스** 신부의 아버지라오.

**하브로토논** 도대체 무슨 일을 당했기에
이이는 그토록 슬픈 눈으로 바라보는 거죠?
늙은 선생님처럼 말예요.

(여기서 얼마나 많은 행이 없어졌는지 알 수 없지만 35행을 넘지는 않을 것으로 보인다. 이 부분에서 스미크리네스가 카이레스트라토스와 하브로토논의 대화에 끼어든 것으로 추정된다)

**하브로토논** 당신에게 좋은 일이 있기를! 하지만 그렇게 말씀하지 마세요!

**스미크리네스** 지옥으로 꺼져버려! 두고두고 슬퍼하게 될 거야.
난 지금 안으로 들어가겠어.
그리고 내 딸이 어떻게 하고 있는지 확실히 알아본 뒤
녀석을 혼내줄 방법을 강구해야지.
*(스미크리네스, 카이레스트라토스의 집안으로 퇴장)*

**하브로토논** 저이가 여기 와 있다고 카리시오스에게 알려줘야 하지 않을까요?

**카이레스트라토스** 알려줘야죠. 저이는 교활한 악당이라 온 집안을
발칵 뒤집어놓을 거요.

**하브로토논** 저이가 많은 집을 그렇게 했으면 좋겠어요.[6]

**카이레스트라토스** 많은 집을?

**하브로토논** 적어도 한 집만이라도. 옆집[7] 말예요.

**카이레스트라토스** 내 집 말이오?

**하브로토논** 그래요. 자, 우리 여기 카리시오스한테 가도록 해요.

**카이레스트라토스** 가도록 해요. 저기 젊은이들의 무리가
거나하게 취해 이리로 오고 있는데
지금은 그들과 섞이지 않는 게 좋을 것 같소.
*(카이레스트라토스, 하브로토논과 함께 자기 집안으로 퇴장)*

코로스의 첫 번째 간주곡이 나온다.

5 당시 4탈란톤의 지참금은 흔치 않은 큰돈이다. 당시의 지참금 규모에 관해서는 『심술쟁이』 843행, 『사모스의 여인』 727행, 『삭발당한 여인』 1014행 참조.

6 집안이 발칵 뒤집히면 가장들이 마음을 달래기 위해 자기 같은 창녀를 찾게 될 것이라는 뜻이다.

7 여기서 '옆집'이란 카이레스트라토스의 집을 말한다. 하브로토논이 이렇게 말하는 것은 그녀를 고용한 카리시오스가 기대와는 달리 그녀에게 전혀 관심을 보이지 않기 때문이다.

# 제2막

(제2막의 첫머리에서 어떤 일이 일어났는지 알 수 없다. 처음 6행은 심하게 손상되어 의미의 재구성이 불가능하고 이어서 40행 정도가 없어졌기 때문이다. 제2막에는 중재 판정 장면이 나오는데, 여기에서 이 드라마의 이름이 유래했다)

*(다오스, 쉬로스, 쉬로스의 아내 등장. 다오스는 작은 자루를 하나 들고 있다. 그들 사이에 논쟁이 벌어진다)*

**쉬로스** 자네는 정도(正道)에서 벗어나려 하고 있어.

**다오스** 이 불운한 무고자여, 자네는 자네 것이 아닌 것을 가질 권리가 없어.

**쉬로스** 이 일에는 중재자가 필요해.

**다오스** 좋아. 중재자에게 가도록 하자.

**쉬로스** 하지만 누가 중재해주지?

**다오스** 나는 아무나 좋아. 내 요구는 정당하니까.
도대체 왜 내가 자네에게 몫을 나눠주었지?

**쉬로스** *(스미크리네스를 보고, 손가락으로 가리키며)*

자네, 저 사람을 중재자로 받아들이겠나?

**다오스** 좋아!

**쉬로스** *(스미크리네스에게)*

나리, 제발 우리에게 시간 좀 내주세요.

**스미크리네스** 너희들에게? 왜?

**쉬로스** 우리는 어떤 일로 서로 다투는 중이랍니다.

**스미크리네스** 그게 나와 무슨 상관이지?

**쉬로스** 우리는 이 일을 공정하게 심리해줄 재판관을 찾고 있어요. 폐가 되지 않는다면 우리 다툼을 해결해주세요.

**스미크리네스** *(역정을 내며)*

이 망할 녀석들 같으니라고! 작업복을 걸치고 돌아다니며 사건을 진술하다니!

**쉬로스** 그렇다 해도 그렇게 해주세요. 오래 안 걸려요. 다루기 힘든 사건이 아니에요. 나리, 호의를 베풀어주시고 제발 무시해버리지 마세요. 어떤 경우에도 정의가 이겨야만 해요, 이 세상 어디서나 말예요. 그리고 그 현장에 있는 사람은 누구나 그것을 봐야 해요. 그것은 만인의 삶에 도움이 되는 거예요.

**다오스** *(혼잣말로)*

내가 진짜 연설가와 맞붙게 되었구나. 도대체 왜 내가 자네에게 몫을 나눠주었지?

**스미크리네스** 말해봐, 너희는 내 판결에 따르겠느냐?

**쉬로스** 네.

**스미크리네스** 그렇다면 듣기로 하지. 폐가 될 게 뭐가 있겠나?

너는 말이 없는데 네가 먼저 말해봐!

**다오스** 이 친구와의 관계부터 말할 게 아니라,
좀 더 거슬러 올라갈게요. 나리께서 사건을
명명백백하게 아실 수 있도록 말예요.
한 달쯤 전에 이 마을 가까이 있는 공유지에서
양 떼를 돌보고 있었어요. 저 혼자서 말예요, 나리.
그리고 그곳에서 갓난아이를 발견했어요.
그 아이는 버려진 채 목걸이 같은 장신구를
차고 있었어요.

**쉬로스** 그것들 때문에 지금 우리가 다투고 있는 거예요.

**다오스** 그가 말을 못하게 하는군요.

**스미크리네스** 끼어들기만 해봐라. 내가 이 지팡이로 후려칠 테다.

**쉬로스** *(변명하듯)*
그래서 당연하지요.

**스미크리네스** 계속해봐!

**다오스** 그러죠. 저는 아이를 주워 집으로 데려갔어요,
양육할 요량으로. 그때는 그렇게 하는 게 좋을 것 같았어요.
하지만 누구나 다 그러하듯, 저도 밤에 혼자서
곰곰이 생각해보았지요. 왜 성가시게
아이를 양육하려 하지? 그 비용을 어떻게 감당하려고?
왜 사서 고생을 하지?
그게 제 생각이었어요. 이튿날 아침 저는
다시 양 떼를 돌보러 갔어요. 이 친구도 그루터기를 베러
같은 곳에 왔더군요. 그는 숯쟁이니까요.
우리는 전부터 아는 사이인지라 서로 이야기를 나누기

시작했어요. 제가 시무룩해 있는 것을 보고
그가 말했어요. "다오스가 무슨 생각에 잠겨 있는 걸까?"
"왜냐고? 나는 너무 오지랖이 넓은가봐"라고 말하고
저는 어떻게 아이를 발견하고 주웠는지 자초지종을 밝혔지요.
그러자 제 이야기가 끝나기도 전에 그는 말끝마다
"다오스, 자네에게 축복이 내리기를!"이라고 말하며 간청하기
시작했어요. "그 아이를 내게 주게! 자네가 행운과 자유를
바란다면 말일세. 나는 아내가 있지만" 하고 그는
말을 이었어요. "그녀의 아이는 태어나는 순간 죽었다네."
지금 아이를 안고 있는 저 여자가 그의 아내예요.
*(쉬로스에게)* 자네가 간청했음을 시인하는가, 사랑하는 쉬로스?

**쉬로스** 시인하네.

**다오스** 그는 온종일 끈질기게 저를 설득했어요.
결국 저는 동의하고 그에게 아이를 넘겨주었어요.
그는 저를 수없이 축복하며, 그리고 제 손에 입 맞추려 하며
떠나갔어요. *(쉬로스에게)* 자네가 그렇게 했음을 시인하는가?

**쉬로스** 시인하고말고.

**다오스** 그리고 수년이 지나가버렸어요. 그러더니 지금 그가 느닷없이 아내를
데리고 나타나더니 그때 아이와 함께 버려졌던 물건들을—
그것들은 시시한 물건들로 겉만 번지르르할 뿐 아무런 가치도 없는
것들이에요—돌려달라고 요구하며, 제가 그것들을 돌려주지 않고
저를 위하여 요구하는 것은 부당한 처사라고 주장하고 있어요.
하지만 그가 간청해서 얻은 몫에 대해 감사해야 한다는 것이
제 주장이에요. 제가 다 주지 않았다고 해서
저를 조사할 권리가 그에게는 없어요. 우리가 함께 길을 가다가

그것들을 발견했다면 그것은 횡재의 분배[8]에 해당하므로
그가 반을 갖고 제가 반을 가졌겠지요. 한데 그것들을 저는 혼자서
발견했어요. *(쉬로스에게)* 하거늘 자네는 그때 그곳에 없었는데도
자네가 전부 다 갖고 나는 아무것도 가져서는 안 된다는 건가?
끝으로, 나는 내 것들 가운데 하나를 자네에게 주었네.
그게 자네 마음에 들면 간직하게. 그러나 마음에 들지 않는다면,
자네 생각이 바뀌었다면 도로 돌려주게. 나를 해코지하지도 말고
빼앗겼다고 생각지도 말게. 전부 다 가질—
일부는 선물로, 나머지는 강제로 가질—권리가 자네에겐 없단 말일세.
*(스미크리네스에게)* 제 이야기는 끝났어요.

**쉬로스** 끝났다고?

**스미크리네스** 못 들었어? 끝났다지 않아!

**쉬로스** 고맙군요. 그렇다면 다음은 제 차례로군요. 이 친구는 혼자서
아이를 발견했으며 방금 그가 한 이야기는
모두 사실이에요. 그게 실제로 일어난 일이에요, 나리.
부인하지 않겠어요. 제가 간청하고 애원해서
그에게서 아이를 받았어요. 그의 말은 사실이에요.
그런데 그와 함께 일하는 한 양치기가
그에게 듣고 제게 말해주었어요, 그가 아이와 함께
약간의 패물도 발견했다고 말예요. 나리, 이 아이가
여기 와 있는 것은 몸소 그것들을 요구하기 위해서예요.
*(자기 아내에게)* 아이를 이리 줘요, 여보! 목걸이와 징표를
요구하는 것은 이 아이란 말일세, 다오스. 아이의 주장인즉 패물이
거기 놓여 있던 것은 그의 치장을 위해서지 자네 생계를 위해서가
아니라는 거야. 그리고 나는 그의 주장에 동조하네. 나는 그의 합법적인

보호자가 되었으니까. 자네가 아이를 줌으로써 나를 그렇게 만들었지.
*(아이를 도로 아내에게 건네준다)*
*(스미크리네스에게)* 보아하니, 나리께서 판결을 내리셔야 할 것은
그 패물들이 황금으로 만들어졌든 그 밖에 다른 것으로 만들어졌든
그의 어머니가—그녀가 누구든 간에—그에게 준 이상
아이가 장성할 때까지 아이를 위해 간수되어야 하느냐,
아니면 그에게서 이 물건들을 빼앗은 자가 먼저 발견했다는
이유만으로 남의 물건들을 차지해야 하느냐 하는 거예요.
*(다오스에게)* 왜 내가 아이를 받았을 때 그것들을 요구하지
않았느냐고? 그때는 내가 아이를 위하여 말할 권리가
없었기 때문이지. 지금 내가 이렇게 와서 요구하는 것도
나 자신을 위해서가 아니야. '횡재의 분배'라고 했던가?
한쪽이 손해 보는 경우에는 횡재란 없어.
그것은 발견이 아니라 도둑질이야.
*(스미크리네스에게)* 이 점도 고려해주세요, 나리. 이 아이는 우리보다
지체 높은 집안에서 태어났을 수도 있어요. 그래서 그는 어느 날 자신을
길러준 일꾼들의 생활보다도 더 먼 곳을 바라보고는 제 본성으로 돌아가
사자를 사냥한다든가, 무기를 들고 다닌다든가, 경주를 한다든가,
자유민에게 어울리는 일을 위하여 자신을 단련할 수도 있어요.
나리께서는 연극을 관람하셨을 테니 그런 이야기쯤은 아마
다 알고 계시겠지요. 어떻게 넬레우스나 펠리아스[9] 같은 분들이

8 '횡재의 분배'란 일종의 속담으로, 물건을 주웠을 때 현장에 있던 사람은 누구나 그것을 분배받을 권리가 있다는 뜻이다.

지금 제가 입고 있는 것과 같은 가죽조끼를 입은
늙은 염소치기에게 발견되었는지 말예요.
그들이 자기보다 더 지체 높다는 것을 알게 되자
그는 자기가 어떻게 그들을 발견하고 주웠는지 이야기해주었지요.
그들에게 그는 징표를 한 자루 주었고
그때까지 염소치기였던 그들은 그 징표들에 의해
자신들의 출생에 관한 비밀을 모두 확실히 알게 되어 왕이 되었지요.
그러나 다오스가 이 징표들을 빼내어 자신이
12드라크메를 챙기려고 내다팔았다면
그토록 지체 높은 집안에서 태어난 분들도
영원히 알려지지 않고 말았겠지요.
다오스가 이 아이의 구원의 희망을
빼앗아 없애버리는데, 제가 이 아이를
부양한다는 것은 공정하지 못해요, 나리.
징표들에 의해 한 사람은 누이와의 결혼을 피할 수 있었고,
다른 사람은 어머니를 발견하고 구했으며, 또 한 사람은
오라비를 그렇게 했지요.[10] 자연은 모든 사람의 인생을
불안정하게 만든 까닭에 우리는 가능한 온갖 수단을
미리 강구하여 선견지명으로 그것을 막아야 해요, 나리.
"마음에 들지 않으면 돌려달라"고 그는 말하고 있어요.
그것이 강력한 논거가 되리라고 믿고서 말예요.
하지만 그것은 공정하지 못해요. *(다오스에게)* 이 아이의 패물 가운데
하나를 돌려달라고 내가 요구하자 자네는 아이까지 돌려받으려 하는데,
이는 행운이 이 아이의 물건을 몇 점 구해준 지금,
다음번에는 자네가 더 안전하게 범행을 저지를 속셈에선가?[11]

*(스미크리네스에게)*

제 이야기는 끝났어요. 옳다고 생각하시는 대로 판결해주세요.

**스미크리네스** 어렵지 않지. 아이와 함께 버려졌던 것들은
아이의 것이다. 그렇게 나는 판결한다.

**다오스** 좋아요. 그럼 아이는요?

**스미크리네스** 나는 절대로 네 것이라고는 판결하지 않아. 너는 아이의 것을 빼앗아
가졌으니까. 그 아이는 네 범행 시도에 맞서 자기를 구해준 사람의 것이다.

**쉬로스** 나리께 큰 축복이 내리시기를!

**다오스** 구원자 제우스에 맹세코, 이건 끔찍한 판결이군요.
제가 전부 다 발견했는데 저는 전부 다 잃고
아무것도 발견하지 않은 자가 다 차지하다니요!
정말로 제가 그것들을 넘겨주어야 하나요?

**스미크리네스** 그게 내 판결이다.

9 훗날 퓔로스(Pylos)의 왕이 된 넬레우스(Neleus)와 이올코스(Iolkos)의 왕이 된 펠리아스(Pelias)는 살모네우스(Salmoneus)의 딸 튀로(Tyro)가 해신 포세이돈(Poseidon)에게서 잉태한 쌍둥이 아들로, 태어나자마자 산에 버려졌으나 양치기에게 발견된다. 이 이야기는 소포클레스(Sophokles) 외에도 카르키노스(Karkinos)와 아스튀다마스(Astydamas)에 의해 극화되었는데, 쉬로스는 이들 드라마 중 하나를 언급한 것 같다.

10 징표에 의해 오라비가 누이와의 결혼을 피하는 예는 비극에서는 볼 수 없으나 메난드로스 자신의 『삭발당한 여인』에서는 중심 주제가 되고 있다. 징표에 의해 아들이 어머니를 발견하는 예는 튀로에 관한 비극들이나 에우리피데스(Euripides)의 비극 『이온』(*Ion*)과 단편만 남아 있는 『안티오페』(*Antiope*)와 『휩시퓔레』(*Hypsipyle*)에서 볼 수 있다. 징표에 의해 누이가 오라비를 발견하는 예는 에우리피데스의 『타우리케의 이피게네이아』(*Iphigeneia he en Taurois*)에서 볼 수 있다.

11 다오스가 일단 아이를 돌려받게 되면 아이의 권리를 지켜주려는 사람은 아무도 없을 것이므로 아이의 재산을 마음 놓고 빼앗을 수 있을 것이라는 뜻이다.

**다오스** 끔찍한 판결이군요. 아니라면 제게 어떤 좋은 일도 일어나지 않기를!

**쉬로스** 자, 넘겨줘. 어서!

**다오스** 맙소사. 세상에 이런 봉변이 있나!

**쉬로스** 자루를 열고 보여주게. 그것들을 자네는 자루 안에 넣고 다니니까 말일세.

*(스미크리네스가 오른쪽으로 떠나려 하자)* 제발 잠깐만 기다려주세요. 그가 넘겨줄 때까지 말예요.

**다오스** *(여전히 쉬로스의 요구를 무시하며)*

왜 내가 이분을 중재자로 받아들였던가?

**스미크리네스** 넘겨주지 못해! 넌 죄인이야.

**다오스** *(마지못해 패물을 넘겨주며)*

이런 치욕적인 봉변이 있나!

**스미크리네스** *(쉬로스에게)*

다 받았냐?

**쉬로스** 그런 것 같아요. 제가 진술하는 동안 그가 졌다고 믿고는 빼돌리지 않았다면 말예요.

**다오스** 나는 이런 판결이 나리라고는 꿈에도 생각지 못했어.

**쉬로스** 안녕히 가세요, 나리! 모든 재판관이 나리와 같았으면 좋겠어요. 지금 당장이라도!

*(스미크리네스, 오른쪽으로 퇴장)*

**다오스** 이건 공정하지 못해. 맙소사. 이보다 더 끔찍한 판결은 일찍이 없었어!

**쉬로스** 자네는 악당이었어.

**다오스** 이 악당아, 아이를 위해 그것들을 잘 간수하도록 해.

알아둬, 나는 밤낮 없이 자네를 지켜볼 거야.

**쉬로스** *(왼쪽으로 퇴장하는 다오스를 향해)* 망할 녀석, 꺼져버려!
*(아내에게)* 여보, 이것들을 갖고 여기 사시는 카이레스트라토스 도련님한테
가요! 우리는 오늘 밤은 여기서 묵고
내일 부과금[12]을 바치고 나서 일터로 돌아갈 것이오.
하지만 먼저 여기 이 물건들을 하나씩 세어보도록 해요.
상자 가져왔소? *(아내가 머리를 흔들자)* 안 가져왔다고요?
그럼 당신 호주머니[13]에 넣도록 해요.

*(오네시모스가 카이레스트라토스의 집에서 등장한다.*
*그러나 387행까지는 쉬로스와 그의 아내를 보지 못한다)*

**오네시모스** 저렇게 굼뜬 요리사는 처음 본다니까.
어제 이맘때쯤 그들은 벌써 술을 마시고 있었는데 말이야.[14]

**쉬로스** 이건 수탉처럼 보이는데.
그것도 아주 마른 녀석으로 말이야.
자, 받아요! 이것은 보석을 박았고, 이것은 도끼로구나.[15]

**오네시모스** *(가까이 다가가며)*

12 숯쟁이 쉬로스는 카이레스트라토스의 노예로, 당시 노예들이 흔히 그랬듯이 소득의 일부를 주인에게 바치는 조건으로 아내와 함께 자신의 오두막에서 살았다.

13 여기서 '호주머니'란 윗도리를 벨트 위로 조금 당겨 올려서 생긴 우묵한 데를 말한다.

14 식사가 끝났다는 뜻이다. 당시 그리스인들은 연회 때 식사를 마치고 나서 본격적인 주연에 들어갔다.

15 장난감 도끼도 징표로 사용되었다. 로마의 희극작가 플라우투스(Plautus 기원전 250년경~184년)의 『밧줄』(*Rudens*) 1158행 참조.

이게 어찌 된 일이야?

쉬로스 여기 반지가 하나 있는데 금을 입혔으나
바탕은 무쇠야. 보석에는 황소 아니면 염소가 새겨져 있는데
둘 중 어느 것인지 구별이 안 되오.
클레오스트라토스[16]가 만들었다고 글자가 새겨져 있구먼.

오네시모스 어디, 좀 보여줘!

쉬로스 자, 여기. 그런데 당신은 뉘시오?

오네시모스 *(흥분하여)*
바로 이거다!

쉬로스 뭐가?

오네시모스 반지 말이야.

쉬로스 어떤 반지? 무슨 소릴 하는지 모르겠네.

오네시모스 우리 주인 카리시오스 나리의 것이란 말이야.

쉬로스 자네 돌았군.

오네시모스 그분께서 잃어버리셨던.

쉬로스 반지 내놔, 이 악당아!

오네시모스 자네 말만 듣고 우리 것을 내놓으라고? 이거 어디서 났어?

쉬로스 아폴론[17]과 여러 신들이시여, 이런 끔찍한 재앙이 있나!
고아의 재산을 지킨다는 것이 이렇게도 힘든 일인가!
만나는 사람마다 당장 가로챌 듯 노려보니 말이야.
반지 내놓지 못해!

오네시모스 나를 데리고 노는 거야?
이건 우리 주인 나리 거야, 아폴론과 여러 신들에 맹세코!

쉬로스 *(오네시모스에게서 돌아서며)*
이자에게 양보하느니 차라리 죽는 게 낫지.

난 마음을 정했어. 나는 온 세상 사람들을 고소할 거야, 한 명씩.
이건 아이의 재산이지 내 재산이 아니야.
*(아내에게)* 여기 목걸이가 있어요. 받아요. 진홍색 천 조각도.
안으로 갖고 들어가요.

*(그의 아내가 아이를 안고 카이레스트라토스의 집안으로 들어간다)*

*(오네시모스에게)* 자네 내게 뭐라고 했지?

**오네시모스** 나 말이야? 이건 카리시오스 나리 거야.
그분께서 술에 취해 잃어버렸다고 하셨어.

**쉬로스** 나는 카이레스트라토스 나리의 하인이야. 그 반지 잘 보관해.
아니면 내게 줘. 내가 안전하게 보관할 테니.

**오네시모스** 내가 몸소 지키겠어.

**쉬로스** 아무래도 좋아. 보아하니 자네나 나나
둘 다 이 한집에 매인 것 같으니 말이야.[18]

**오네시모스** 하지만 지금은 모임이 있으니
그분께 소식을 전할 때가 아니야.
내일 그렇게 하겠네.

**쉬로스** 기다리겠네. 내일 아무나 자네들이 원하는 사람을 중재자로 뽑도록 해.
나는 두말없이 받아들이겠네.

16 클레오스트라토스(Kleostratos)에 관해서는 달리 알려진 것이 없다.

17 아폴론은 그리스 신화에서 제우스와 레토의 아들로 궁술, 예언, 음악 및 치유의 신이다. 그는 아르테미스 여신의 쌍둥이 오라비이다.

18 쉬로스가 오네시모스의 말만 믿고 반지를 맡긴 것은 다소 경솔한 행동으로 여겨진다. 그러나 오네시모스가 카이레스트라토스의 집 쪽으로 움직이는 것을 보고 쉬로스가 그의 말을 믿은 것으로 생각된다.

*(오네시모스, 카이레스트라토스의 집안으로 퇴장)*

이번에[19] 나는 그리 재미를 못 봤다고는 할 수 없을 거야. 아마도 나는 다른 것은 다 집어치우고 법률에 종사해야 할 것 같아. 그게 오늘날 재산을 지키는 보루니까 말이야.

*(쉬로스, 카이레스트라토스의 집안으로 퇴장)*

코로스의 두 번째 간주곡이 나온다.

# 제3막

*(오네시모스, 카이레스트라토스의 집에서 등장)*

**오네시모스** 나는 다섯 번도 더 주인 나리에게 다가가서
반지를 보여주려고 했지. 하지만 가까이 다가가
그렇게 하려는 순간, 나는 그만
뒤로 물러서고 말았어. 전에 나리께
알려드린 게[20] 난 후회돼. 나리께서는 지금도 가끔
"제우스께서 그 망할 놈의 수다쟁이를 박살 내
버리시기를!"이라고 말씀하시곤 하니 말이야.
나는 나리께서 마님과 화해하시고는 아는 것이 너무 많은
수다쟁이라고 나를 당장 팔아버리시지나 않을까 두렵다니까.
기존의 불행에다 또다른 불행을 덧붙이지 않는 게 상책이야.

19 여기서 '이번'이란 스미크리네스의 중재 판정을 말한다.

20 오네시모스가 카리시오스에게 팜필레가 혼전에 이미 아이를 가졌다고 일러바쳤던 것이다.

현재의 불행만 해도 작다고 할 수 없으니까.

*(하브로토논이 어깨 너머로 말하며 카이레스트라토스의 집에서 등장한다.*
*두 사람은 처음에는 서로 보지 못한다)*

**하브로토논** 제발 날 내버려두세요, 괴롭히지 말고!
보아하니, 난 스스로 바보짓을 한 것 같아요.
가련하게도. 나는 그이가 나를 사랑하리라 믿었는데
이상하게도 그이는 내가 딱 질색인가봐.
이봐요, 그이는 나를 자기 옆에 앉지도 못하게 하고
떨어져 앉게 하니 말예요.

**오네시모스** 내가 방금 받았던 사람에게
이걸 도로 돌려줘버릴까? 그건 말도 안 돼.

**하브로토논** 가련한 사람! 왜 그이는 그토록 많은 돈을 낭비하는 걸까?
그이에 관한 한 나는 지금 이 순간, 이봐요,
여신의 바구니[21]를 들 자격이 있단 말예요.
나는 벌써 사흘째 사람들 말마따나 독수공방하고 있으니까.

**오네시모스** 신들에 맹세코, 어떡하지? 어떡하지? 제발 · · ·

*(쉬로스, 카이레스트라토스의 집에서 등장)*

**쉬로스** 그가 어디 있지? 그를 찾아 온 집안을
돌아다녔는데. *(오네시모스를 보고)* 여기 있었구먼.
이봐, 반지를 돌려주든지 아니면 자네가 보여주려고 했던 사람에게
보여줘. 이 문제를 결판 내도록 하자고. 난 다른 데로 가봐야 해.

**오네시모스** 아닌 게 아니라 그래야 할 것 같아.[22] 이봐 난 잘 알고 있어.
이건 우리 주인 카리시오스 나리 거야.
하지만 난 그분께 보여드리기를 망설이고 있어.
내가 이걸 갖다드리면 사실상 나는 그분을
이 반지와 함께 버려졌던 아이의 아버지로 만드는 것이니까.

**쉬로스** *(약간 어리둥절해하며)*
어째서, 이 투미한 친구야?

**오네시모스** 타우로폴리아제(祭)[23] 때 그 나리께서 이걸 잃어버렸어.
야간 축제가 개최되고, 여자들이 모였을 때 말이야.
한 소녀가 강간당했다고 보는 게 옳겠지.
그녀가 이 아이를 낳아서 버린 게 분명해.
그 소녀를 찾아내 이 반지를 보여줄 수 있다면
그것은 명백한 증거가 되겠지.[24] 하나 지금 주인 나리께

21 아테나이의 수호신 아테나 여신을 기리기 위해 매년 7월 말에 개최되는 판아테나이아제(Panathenaia)에서는 소녀들이 신성한 바구니를 들고 행렬에 참가했는데, 이들은 반드시 명문가의 처녀들이어야 했다.

22 중재 판정에 맡겨야 할 것 같다는 뜻이다.

23 타우로폴리아제(Tauropolia)는 아르테미스 타우로폴로스(Artemis Tauropolos '타우로이족 Tauroi에게 존경받는 아르테미스'라는 뜻)를 위한 축제로, 앗티케 지방에서는 아테나이의 동쪽에 있는 브라우론(Brauron)에서 해마다 개최되었다. 제물로 바쳐졌던 이피게네이아와 관계가 있는 것으로 생각되는 이 축제는 주로 여인들을 위한 축제로, 5~10세의 소녀들이 아르테미스의 곰을 죽인 데 대한 보상으로 사프란색 옷을 입고 암곰 역을 하는 것이 특징이었다. 원래는 어떤 소녀도 이 의식적인 곰춤을 추기 전에는 결혼할 수 없었지만, 고전시대(기원전 479~323년)에 이 의식은 국가 종교행사의 일부가 되어 명문가의 딸들에 의해 치러졌다고 한다.

24 소녀가 자기를 강간한 남자의 손에서 반지를 빼냈다가 나중에 아이와 함께 버렸을 경우, 그 소녀만 찾아내면 반지는 카리시오스가 아이의 아버지라는 명백한 증거가 될 수 있을 것이라는 뜻이다.

그걸 보여드리는 것은 의혹과 혼란만 야기할 뿐이야.

**쉬로스** 그건 자네 사정이야. 하지만 만일 그 반지를
돌려주는 대가로 내가 자네에게 뭘 줄 것이라고 기대하고
나를 흔들어보는 것이라면 그만둬.
나눠 갖는다는 건 내 성미에 전혀 맞지 않으니까.

**오네시모스** 그건 나도 원치 않아.

**쉬로스** 바로 그거야. 지금 나는 심부름하러 도시를 떠나지만 곧
돌아올 거야, 다음에는 어떤 조치를 취해야 할지 알아보기 위해.

*(쉬로스, 오른쪽으로 퇴장)*

**하브로토논** *(앞으로 나서며)*
오네시모스, 지금 여인[25]이 집안에서 젖먹이고 있는
그 아이를 저 숯쟁이가 발견했다는 거야?

**오네시모스** 그렇대요.

**하브로토논** *(아이를 머리속에 그리며)*
예쁜 것, 귀엽기도 하지!

**오네시모스** 그는 아이와 함께 우리 주인 나리의 이 반지도 발견했대요.

**하브로토논** *(여전히 아이를 생각하며)*
아아, 가련한 것! 그게 정말로 네 주인의 아들이라면
너는 그 아이가 노예로 자라는 것을 그냥 두고 볼 수 있겠어?
그렇다면 너는 죽어 마땅하지 않을까?

**오네시모스** 말했잖아요. 엄마가 누군지 아는 사람이 아무도 없다고!

**하브로토논** *(그제야 반지를 유심히 살펴보며)*
그이가 이 반지를 타우로폴리아제에서 잃어버렸단 말이지?

**오네시모스** 네, 술에 취해서요. 그분과 동행했던
소녀한테서 그렇게 들었어요.

**하브로토논** 틀림없어. 여인들이 자기들끼리 밤새도록 놀 때
그이가 그들을 만난 거야. 내가 참석했던 곳에서도
그런 일이 일어났으니까 하는 말이야.

**오네시모스** 당신이 참석했던 곳에서도요?

**하브로토논** 그래, 작년에 타우로폴리아제에서 그랬지.
소녀들을 위해 하프를 연주하며 나도 함께 놀았지.
그때만 해도 난 남자가 뭔지 아직 몰랐어.

**오네시모스** 그랬나요?

**하브로토논** 아프로디테[26] 여신에 맹세코, 정말이라니까!

**오네시모스** 그 소녀가 누군지 알겠어요?

**하브로토논** 알 수 있지. 그녀는 나를 고용한 여인들의 친구니까.

**오네시모스** 그녀의 아버지 이름은 못 들었나요?

**하브로토논** 아무것도 몰라. 그녀를 직접 보면 알 수 있다는 것 말고는.
그녀는 아주 예뻤고 사람들 말로는 부자라고 했어.

**오네시모스** 아마도 그녀 같은데요.

**하브로토논** 난 몰라. 그녀는 그곳에 우리와 함께 있다가 길을 잃었어.
그러다가 나중에 그녀는 갑자기 머리를 쥐어뜯고
울면서 혼자 뛰어왔지. 그리고 그녀의 곱고
얇은 외투는 심하게 망가져 있었어.
완전히 넝마가 되어버렸으니까.

**오네시모스** 그리고 그녀가 이 반지를 끼고 있었나요?

25 쉬로스의 아내.

26 아프로디테(Aphrodite)는 그리스 신화에서 성애와 미와 다산의 여신이다.

**하브로토논** 끼고 있었는지도 모르지. 하지만 내게 보여주지는 않았어.
나는 거짓말은 딱 질색이니까.

**오네시모스** 지금 난 어떻게 해야 하죠?

**하브로토논** 그건 네가 알아서 할 일이야. 하지만 네가 현명하고
내 말을 듣겠다면 주인에게 자초지종을 밝히겠지.
아이 엄마가 자유민이라면
그가 왜 사건을 알아서는 안 되지?

**오네시모스** 먼저 그녀가 누군지 알아내도록 해요, 하브로토논!
지금은 그렇게 함으로써 나를 도와주세요.

**하브로토논** 그럴 수 없어. 가해자가 누군지 확실히
알기 전에는. 나는 아까 말한 여인들에게
공연히 누설하기가 싫어.
누가 알아, 일행 중 다른 사람이 그때 그이에게서
그것을 담보물로 잡았다가 잃어버렸는지?
어쩌면 그이는 그것을 카드놀이에서 판돈으로 내놓았거나
아니면 무슨 거래를 하다가 사정이 급해서
넘겨주었는지도 모르지. 그런 술자리에서는
그런 일이 얼마든지 일어날 수 있으니까.
가해자를 알기 전에는 나는 소녀를 찾지 않을 것이며
그런 말은 입 밖에도 내고 싶지 않아.

**오네시모스** 틀린 말은 아니오. 그럼 어떻게 해야 하죠?

**하브로토논** 오네시모스, 내 계획이 네 마음에 드는지
잘 살펴봐. 나는 이 일을 내가
당한 척하며 반지를 갖고
안에 있는 그이에게로 들어가려고 해.

**오네시모스** 이야기 계속하세요. 이제야 좀 알 것 같아요.

**하브로토논** 내가 반지를 끼고 있는 것을 보면 그이는 어디서 났느냐고
묻겠지. 그러면 난 말할래. "타우로폴리아제에서요.
내가 아직 처녀였을 때." 그러면서 나는 그 소녀가 당한 일을
전부 내가 당한 척할 거야. 그 대부분은 내가 알고 있으니까.

**오네시모스** 아주 좋아요.

**하브로토논** 만약 이 사건과 관계가 있다면 그이는 곧장 걸려들며
자신을 포기하게 될 거야. 그리고 지금 그이는 거나하게
취한 터라 내가 묻기도 전에 모든 걸 술술 실토하겠지.
내가 먼저 말함으로써 실수하는 것을 피하기 위해
난 그이가 하는 말에 슬슬 맞장구나 칠래.

**오네시모스** 정말 멋있어요!

**하브로토논** 실수하는 것을 피하기 위해 나는 이런 상투적인 말로 아첨할래.
"당신은 대담하면서도 뻔뻔스럽더군요."

**오네시모스** 좋아요.

**하브로토논** "당신은 나를 거칠게 쓰러뜨려놓고는 옷을
갈기갈기 찢어버리더군요"라고 나는 말할래.
하지만 그러기 전에 나는 집에 들어가 아이를 안고
눈물과 키스를 쏟으며 아이를 돌보고 있는 여인에게
대체 어디서 이 아이를 주웠느냐고 물어봐야겠어.

**오네시모스** 놀랍군요.

**하브로토논** 그리고 맨 마지막으로 "이제야 당신에게 아이가 태어났어요"라고
말하면서, 나는 방금 주운 아이를 그이에게 보여줄래.

**오네시모스** 당신은 교활한 말괄량이로군요, 하브로토논!

**하브로토논** 그리하여 그것이 입증되고 그이가 아이의 아버지임이 밝혀지면

그때는 여유를 갖고 소녀를 찾을 수 있을 거야.

**오네시모스** 한 가지는 아직 말하지 않았어요. 당신은 자유의 몸이 될 거예요.
만약 그분께서 당신을 아이의 엄마라고 생각하신다면
당장 당신의 자유를 사시겠지요,[27] 틀림없어요.

**하브로토논** 그야 알 수 없지. 하지만 난 그렇게 됐으면 좋겠어!

**오네시모스** 알 수 없다뇨? 그리고 이 일 때문에 내게 고마워하겠지요, 하브로토논?

**하브로토논** 물론이지. 네가 내 모든 행복의 원인인데 내가 그걸 잊을 리 있나?

**오네시모스** 당신이 열성을 다해 소녀를 찾기를 그만두고
떠나며 내 상금을 떼어먹는다면
그때는 어떻게 되는 거죠?

**하브로토논** 무엇 때문에 내가 그렇게 한단 말이야? 내가 아이들을 원한다고
생각해? 내가 원하는 것은 오직 자유야.
그게 이 일에서 내가 바라는 보답의 전부란 말이야.

**오네시모스** 그렇게 되기를 바랄게요.

**하브로토논** 내 계획이 마음에 든다는 거야?

**오네시모스** 들고말고요. 하지만 당신이 날 배신하면
그때는 난 당신과 싸울 거요.
난 그렇게 할 수 있어요. 하지만 지금은
그 아이가 그분의 아이인지 알아보도록 합시다.

**하브로토논** 그렇다면 동의하는 거지?

**오네시모스** 그래요.

**하브로토논** 그렇다면 반지를 줘, 어서!

**오네시모스** 자, 받으세요.

**하브로토논** 사랑하는 설득의 여신[28]이시여, 제 편이 되시어
부디 제가 하는 일이 성공하게 해주소서!

*(하브로토논, 카이레스트라토스의 집안으로 퇴장)*

**오네시모스** 저 여자야말로 해결사야. 사랑 놀음으로는
자유에 이르기는커녕 골치만 아프다는 걸 알아차리고
그녀는 지금 지체 없이 다른 길을 가고 있어.
하지만 난 언제까지고 철없는 소리나 하고
투미하여, 저런 계획을 세울 수 없는 노예로 머물겠지.
그럼에도 불구하고 그녀가 성공하면
내게도 국물이 좀 생기겠지. 그래야 공평할 테니까.
한데 여자한테서 감사하는 마음을 기대하다니
이 얼마나 허황하고 잘못된 생각인가!
더 이상 고통당하지만 않아도 다행이지.
지금 마님께서는 위태로운 처지에 계셔.
만약 자유민의 딸이자 그 아이의 어머니인
소녀가 발견되기라도 한다면
그분께서는 지체 없이 그 소녀와 결혼하고
마님을 버리시겠지 · · ·[29]
생각건대, 이번에도 나는 용케 위험을 피한 것 같아
―역시 내가 말썽을 일으킨 것은 아니니까.
이제 참견은 사양하겠어. 누구든지 내가 참견하거나
경솔하게 말했다는 것을 찾아내면 나는 그에게

27 여기서 '자유를 산다'는 것은 포주에게 진 빚을 대신 갚아주고 자유의 몸이 되게 해준다는 뜻이다.

28 설득의 여신(Peitho)은 특히 연애와 수사학에서 큰 힘을 발휘하는 것으로 생각되었다.

29 이 부분은 텍스트가 손상되어 있다.

내 이빨들[30]을 맡길 거야. 잘라버리라고 말이야.

*(이때 스미크리네스, 오른쪽에서 등장)*

그런데 저기 오고 있는 게 누구야? 스미크리네스로구나.
시내에서 돌아오고 있는 길이야. 또다시 분쟁을 일으키려고.
누구한테서 그가 사실을 들었나봐. 피하는 게
상책이야 · · ·
· · · · · · ·[31]

*(오네시모스, 카이레스트라토스의 집안으로 퇴장)*

(583~654행은 심하게 손상되어 있다. 현재 남아 있는 단편들로 의미를 재구성해보면, 이 부분에서 스미크리네스는 독백을 통하여 사위인 카리시오스의 처신이 공공연한 추문이 되고 있다고 불평한 것으로 추정된다. 이어 요리사 카리온이 카이레스트라토스의 집에서 뛰어나오며 하브로토논의 계획으로 큰 소동이 벌어졌다고 불평하는데, 두 사람은 그녀의 이야기를 사실로 받아들인 것 같다. 이어서 카이레스트라토스가 나타나 하브로토논이 거드름을 피우고 있다고 불평한 것으로 추정된다)

**스미크리네스** · · · 여러분은 내가 참견하고
남의 일에 간섭이나 하는 줄 아시오?
하지만 나는 내 딸을 집으로 데려갈
권리가 있고, 또 그렇게 할 작정이오.
나는 단단히 결심했단 말이오. 여러분은
내 증인이 되어 · · ·

(여기서 15행 정도가 없어졌다)

스미크리네스 녀석이 이런 달콤한 생활을 싫어한다고?
녀석은 여전히 어떤 남자와 술을 마셨고, 간밤에는
어떤 여자와 잠자리를 같이했으며, 내일은 또다른 비행을 · · ·

(683~689행은 행의 첫머리 또는 끝머리에만 몇 글자씩 남아 있다)

녀석은 혼인으로 우리 인척이 되었단 말이오.
그토록 귀하신 몸이 된 데 대해 녀석은 대가를 치르게 될 것이오.
녀석은 자신이 유곽에서 끌어들인 그 잘난
여인과 함께 제 인생을 망치고 있소. 녀석은 그렇게
살아가겠지요. 우리가 아무것도 모르는 줄 알고.
그리고 녀석은 곧 다른 여자를 끌어들이겠지요· · ·

(696~699행은 단어 몇 개만 남아 있다. 이어서 제3막의 끝부분을 이루는 14행이 없어졌다. 이 부분에서 스미크리네스는 딸에게 남편과 이혼하라고 설득하기 위해 카리시오스의 집으로 들어가고, 카이레스트라토스는 시내로 심부름 간 것으로 추정된다. 무대가 비면 코로스가 등장하여 세 번째 간주곡을 부른다)

코로스의 세 번째 간주곡이 나온다.

30 이빨들에 대해 뽑는다거나 친다는 표현 대신 잘라버린다는 말을 쓰는 것은 이상하다 하여 '이빨들(odontas)' 대신 '남근들'(gonas)로 읽는 이들도 있다.

31 이 손상된 부분은 의미의 재구성이 불가능하다.

# 제4막

*(스미크리네스와 팜필레가 이야기를 주고받으며 카리시오스의 집에서 등장한다. 이 대화는 첫머리의 일부가 없어진 것으로 보는 이들도 있다)*

**팜필레** 하지만 저를 구하시려다 설득하지 못하시면 아빠는
제게 아버지가 아니라 상전처럼 보일 거예요.

**스미크리네스** 이 일에 말이나 설득이 왜 필요해?
너무나 명백하지 않아? 사실 그 자체가 웅변으로
말해주고 있어, 팜필레. 하지만 꼭 말해야 한다면
내 기꺼이 말해주지. 너에게 나는 세 가지를 제시하겠다.
녀석도 너도 이제 더는 구원받을 가망이 없어.

(여기서 30행 정도가 없어지거나 손상되어 있다. 현재 남아 있는 단편들로 미루어 스미크리네스는, 카리시오스는 계속해서 환락의 길을 갈 것이고, 팜필레는 그의 첩과 경쟁하기가 어려울 것이며, 카리시오스는 두 살림을 하다가 살림이 거덜 날 것이라는 점을 지적한 것으로 추정된다)

**스미크리네스** 많은 비용을 생각해봐. 테스모포리아제(祭)[32] 때도 녀석은
비용이 곱절로 들고 스키라제(祭) 때도 곱절로 들어.[33] 잘 알아둬.
녀석은 살림이 거덜 나고 말아. 망한단 말이야. 이론의 여지없이.
그러니 너는 네 처지를 생각해. 녀석은 페이라이에우스[34]에 가야 한다고
말하고는 그곳에 가서 눌러앉겠지.[35]
그러면 너는 속상해서 저녁도 거른 채 녀석을 기다리겠지.
녀석은 그녀와 함께 마시고 있을 게 분명한데도 말이야.

(여기서 90행 정도가 없어지거나 심하게 손상되어 있다. 이 부분에서 스미크리네스는 논증을 계속하는데, 단편 7은 이 부분에 속하는 것으로 추정된다)

32 테스모포리아제(Thesmophoria)와 스키라제(Skira) 또는 스키로포리아제(Skirophoria)는 곡식과 농업의 여신 데메테르에게 바쳐진 아테나이의 주요 축제들이다. 테스모포리아제는 여인들의 축제로 늦가을(10~11월)에 사흘 동안 열렸다. 이 축제의 특징은 스키라제 때 구덩이에 던져진 새끼 돼지와 그 밖에 다른 풍요의 상징물들의 잔재를 찾아내어, 그것들을 제단에 올렸다가 풍년을 위해 씨앗과 함께 땅속에 묻는 것이다. 바로 이 잔재들이 thesmoi('보배들'이라는 뜻)라고 불렸다. 그리고 그것들을 운반하는 데서 축제의 이름이 유래한 것으로 추정된다. 스키라 또는 스키로포리아제 역시 여인들의 축제로 한여름에 하루 동안 열렸는데, 그 자세한 내용은 알 수 없다. 그러나 이 축제 때 새끼 돼지와 그 밖에 다른 풍요의 상징물들을 구덩이에 던졌다가 석 달 뒤 테스모포리아제 때 도로 끄집어낸 것으로 추정된다.

33 팜필레와 하브로토논을 위해.

34 페이라이에우스(Peiraieus)는 아테나이에서 남서쪽으로 8킬로미터쯤 떨어져 있는 아테나이의 주항(主港)이다.

35 스미크리네스는 카리시오스가 그곳에다 하브로토논을 위해 살림집을 마련해주었다고 믿고 있다.

## 단편 7 (566 Kock)

**스미크리네스** · · · 팜필레야,
숙녀가 매춘부와 싸우기는 힘들어.
그녀는 부정한 책략을 더 많이 쓰고, 더 많이 알고 있고,
수치심이라고는 없으며, 더 많이 알랑거리니까.

(그러나 팜필레는 아버지와 가기를 거절한다. 둘 사이의 대화 일부분을 카리시오스가 엿듣는다. 스미크리네스가 혼자 떠나자 팜필레는 자신이 아이를 버렸던 일을 후회하는 말을 한다. 단편 8은 이 부분에 속하는 것으로 추정된다)

## 단편 8 (184 Kock)

저는 우느라 완전히 다
타버렸어요 · · ·

*(하브로토논이 아이를 안고 카이레스트라토스의 집에서 등장한다)*

**하브로토논** 내가 좀 데리고 나갈래. 가련한 것, 아까부터 울고 있잖아.
아이에게 무슨 일이 생겼는지 모르겠구나!

**팜필레** *(하브로토논이 있는 줄 모르고)*
신들 중에 어느 분이 이 가련한 여인을 불쌍히 여기시나이까?

**하브로토논** *(아이에게)*
이 귀염둥이, 언제 네 엄마를 보게 되지?

**팜필레** *(카리시오스의 집 쪽으로 돌아서며)*

들어가야지.

**하브로토논** *(그녀를 알아보고)*

잠깐만, 부인!

**팜필레** 나를 부르는 거예요?

**하브로토논** 그래요. 나를 똑바로 보세요!

**팜필레** 나를 아세요, 부인?

**하브로토논** 내가 보았던 바로 그 소녀야. 이봐요, 반가워요.

**팜필레** 당신은 누구세요?

**하브로토논** 당신 손 좀 줘보세요.
이봐요, 말해보세요. 작년에 타우로폴리아제
구경하러 간 적 있으시죠?

**팜필레** *(아이를 빤히 바라보며)*

부인, 말해보세요. 지금 안고 있는 이 아이 어디서 났지요?

**하브로토논** 이봐요, 이 아이가 차고 있는 것들 중에 알아볼 수 있는 것도
있나요? 나를 두려워할 필요는 없어요, 부인.

**팜필레** 이 아이 당신이 낳았나요?

**하브로토논** 그런 척했지요. 이 아이를 낳은 여인을 해코지하기 위해서가
아니라 여유를 갖고 그녀를 찾기 위해서요. 그런데 지금
그녀를 찾았어요. 당신이 내가 전에 보았던 바로 그 소녀란 말예요.

**팜필레** 아버지는 누구죠?

**하브로토논** 카리시오스예요.

**팜필레** 이봐요, 확실히 알고 하는 말인가요?

**하브로토논** 확실히 알지요. 한데 당신은 저 안에 있는
그이의 아내가 아니세요?

**팜필레** 맞아요.

**하브로토논** 축복받은 부인이여, 신들 중에 어떤 분이 당신들 두 사람을
불쌍히 여기신 거예요. 저기 이웃집에서 문 열리는 소리가 들리며
그이가 나오고 있어요. 자, 나를 데리고 함께 안으로 들어가세요.
그러면 남은 이야기를, 자초지종을 다 밝혀드릴게요.

*(두 사람이 카리시오스의 집으로 들어가자, 오네시모스가 카이레스트라토스의 집에서 등장한다)*

**오네시모스** 나리께서는 완전히 미쳤어요. 아폴론에 맹세코, 미쳤어요.
진짜로 제정신이 아니에요. 신들에 맹세코, 미쳤어요.
우리 주인 카리시오스 나리 말예요.
우울증이나 그 비슷한 병에 걸렸어요.
나리의 상태를 달리는 설명할 수 없어요.
방금 나리께서는 문 안쪽에 한참 동안
쭈그리고 앉아 장인이 아내와
이번 사건에 관해 의논하는 것을
듣고 계시는 것 같았어요. 여러분, 나리의 안색이
얼마나 자주 변했는지 나로서는 잘 설명할 수 없어요.
"여보, 당신이 그런 훌륭한 말을 하다니!"라고 말씀하시고는
나리께서는 자기 머리를 세게 치시는 것이었어요.
잠시 뒤 나리께서는 다시 시작하셨소. "나는 어떤 아내와
결혼했던가? 그게 모두 이런 곤경에 빠지기 위함이었던가?"
마침내 자초지종을 다 들었을 때 나리께서는 집안으로 들어가셨소.
그러자 안에서 울음소리가 들리고 머리털이 쥐어뜯기고 끝없는

광란이 벌어졌소. 나리께서는 계속해서 말을 이으셨으니까요.
"난 죄인이야. 나 자신도 그런 일을 저지르고
한 사생아의 아버지가 되었으면서
같은 불행을 당한 여인에게는 추호의 동정도
느끼거나 보이지 않았어. 난 비정한 야만인이야."
나리께서는 심한 자책감에 빠져 계셨고,
두 눈에는 핏발이 서고 몹시 흥분해 계셨어요.
나는 겁나고 두려워서 입안이 다 말라버렸어요.
그런 상태에서 나리께서는 그녀에 관해 수다를 떨었던
나를 보면 죽이실 수도 있을 테니까요.
그래서 나는 몰래 이곳으로 빠져나온 거예요.
하지만 어디로 가죠? 어떡하죠? 난 끝났어요, 끝장났어요.
문 열리는 소리가 들리는 걸 보니 나리께서 나오시나봐요.
구원자 제우스시여, 나를 구해주세요. 가능하시다면!

*(오네시모스가 카리시오스의 집으로 뛰어들어가자 카리시오스가 카이레스트라토스의 집에서 등장한다)*

**카리시오스** 흠 없고 명예를 중시하고,
선악을 판단할 줄 알고, 그 삶이 순수하고,
나무랄 데 없는 사람, 그게 내 모습이었지.
그런데 어떤 신적인 힘이 그걸 완전히 뒤집어놓았어,
아주 정당하게도. 여기서 나는 한낱 인간임이 드러났어.
"오오, 불행하고도 불행한 자여,[36] 너는 거드름을 피우며
그럴듯한 말을 하지만 한 여인의 강요된 불행을 용납하지 못하는구나.

나는 너도 똑같은 실수를 저질렀음을 보여줄 것이다.
그래도 그녀는 너를 상냥하게 대해줄 것이다.
너는 그녀를 모욕하는데도 말이다. 그러면 너는 불운한 데다
무례하고 냉혹한 인간임이 드러나게 될 것이다.
*(자신에게)* 네가 한 것처럼 그녀가 아버지에게 말하더냐?
그녀는 말했어. "저는 그이의 인생의 동반자예요.
불상사가 일어났다고 해서 달아나는 것은 여자의 도리가
아니에요." 그런데 너는 너무 콧대가 높고 · · ·

(923~927행은 심하게 손상되어 의미의 재구성이 불가능하다)

그녀의 아버지는 그녀를 못살게 굴겠지. 하지만 그녀의 아버지가
나와 무슨 상관이야? 나는 분명히 말할 거야. "스미크리네스 씨,
말씀 좀 그만 부리세요. 내 아내는 나를 버리고 떠나지 않을 거예요.
왜 팜필레를 부추기며 압력을 가하시는 거예요?
무슨 일로 자꾸 이곳을 찾아오세요?"

*(카리시오스의 집에서 먼저 오네시모스가 등장하고, 이어 하브로토논이 등장한다)*

**오네시모스** 난 정말 죽을 지경이라니까요.
제발 내 곁을 떠나지 마세요, 아가씨!

**카리시오스** 너 거기 서서 내 말을 엿들은 게냐? 이 괘씸한 녀석.

**오네시모스** 아니요. 전 방금 나왔다니까요.

(936~949행은 심하게 손상되어 있다. 현재 남아 있는 단편들로 미루어

하브로토논이 두 사람의 대화에 끼어들고, 오네시모스는 아이가 하브로토논의 아이가 아니라는 것을 밝히는 것으로 추정된다)

**카리시오스** 뭐랬나, 오네시모스? 너희 둘이서 날 떠보는 거야 뭐야?

**오네시모스** 그렇게 하라고 그녀가 절 설득했어요. 정말이라니까요.

**카리시오스** 너마저 나를 오도하다니! 이 괘씸한 녀석.

**하브로토논** 이봐요, 다툴 것 없어요! 이 아이는 당신이 결혼한 아내의 아이이고, 다른 어느 누구도 아니에요.

**카리시오스** 그랬으면 오죽이나 좋겠소!

**하브로토논** 정말이라니까요.

**카리시오스** 무슨 말을 하는 거요?

**하브로토논** 무슨 말이냐고요? 참말이죠.

**카리시오스** 팜필레의 아이라고? 하지만 이 아이는 내 아들이란 말이오.

**하브로토논** 당신 아들이기도 하고요.

**카리시오스** 팜필레의 아이라고? 하브로토논, 제발 날 들뜨게 하지 말아요!

(제4막의 마지막 20행은 일부는 없어지고 일부는 심하게 손상되어 있다. 이 부분에서 카리시오스는 사실을 시인하고는 팜필레에게 가고, 오네시모스와 하브로토논은 왼쪽으로 퇴장한 것으로 추정된다)

코로스의 네 번째 간주곡이 나온다.

36 여기서 카리시오스는 신적인 힘이 자기에게 말하는 것으로 상상하고 있다.

# 제5막

(제5막의 첫머리는 없어졌다. 현재 남아 있는 단편들로 미루어 제5막은 카이레스트라토스의 독백으로 시작되는데, 그는 그간의 사정을 모르고 있으며 하브로토논에게 반한 것으로 추정된다)

**카이레스트라토스** · · · · · ·

카이레스트라토스, 오히려 너는 그 뒷일을 생각해야 해, 982
어떻게 하면 네가 지금까지 그랬듯이
카리시오스의 성실한 친구로 남을 수 있겠는지 말이야.
그녀는 흔해빠진 그런 창녀가 아니야. 985
이건 예삿일이 아냐. 그녀는 아이가 있고
노예도 아니야. 그만둬! 그녀는 잊어버려!
먼저 그녀와 그녀의 애인이
단둘이서 · · ·

(여기서 70행 정도가 없어지거나 심하게 손상되어 있다. 이 부분에서는

카리시오스와 오네시모스가 등장하여, 카이레스트라토스에게 그간의 사정을 알려준 것으로 추정된다. 현재 남아 있는 이 장면의 마지막 2행은 카리시오스가 말한 것으로 추정된다)

**카리시오스** · · · 자제(自制). 그 친구는 그 여자한테서 결코 손 떼지 못해.
내가 잘 알지. 하지만 난 그럴 거야.

*(카리시오스가 자기 집으로 들어가자 스미크리네스와 팜필레의 노[老]유모인 소프로네가 오른쪽에서 등장한다)*

**스미크리네스** 내가 네 귀싸대기를 때리지 않으면, 소프로네,
나는 가장 비참하게 망해도 좋아. 너도 지금 내게 설교하는 게냐?
내가 너무 서둘러 딸을 데려간다고? 이 괘씸한 할망구 같으니라고.
그래, 내 딸의 귀하신 남편께서 내 지참금을 먹어치우고는
내 재산에 관해 떠벌리고 다니는데
나더러 가만히 있으라고? 그게 네 충고냐?
당장 손을 쓰는 게 낫겠어. 한 번만 더 주둥아리를 놀리면
혼날 줄 알아! 네가 내 재판관이라도 되는 줄 알아? 소프로네.
팜필레가 보이거든 그 애의 마음을 돌리도록 해.
그렇게 하지 않으면, 소프로네, 난 너를 —이리로 오는 길에
그 연못 봤지— 돌아가는 길에 반드시 · · ·
그곳에다 난 너를 밤새도록 담가 죽일 거야.
네가 내게 동의하고 반항하지 못하도록
강요하기 위해서. 대문을 두드려야겠구나,
자물쇠가 채워져 있으니 말이야. 여봐라, 게 아무도 없느냐?

문 열어! 여봐라, 내 말 안 들려?

**오네시모스** *(문을 열며)*
문을 두드리는 게 뉘시오? 오오, 심술쟁이 스미크리네스 나리께서
지참금과 함께 따님을 데려가려고 오셨군요.

**스미크리네스** 그래, 이 고약한 녀석아!

**오네시모스** 그야 당연한 일이죠. 기민하고 영리한 사람은
시간을 낭비하지 않는 법이죠. 그리고 지참금을
떼먹는다는 것은 정말이지 얼마나 경탄할 만한 일인가!

**스미크리네스** 신들과 정령들에 맹세코!

**오네시모스** 신들께서는 각자에게
선과 악을 나눠주실 만큼
한가한 줄 아세요, 스미크리네스 나리?

**스미크리네스** 무슨 뜻이냐?

**오네시모스** 제가 설명해드리죠. 이 세상에는 대략
일천 개의 도시가 있고 각 도시에는 주민들이
삼만 명씩 살고 있지요.[37] 그런데 신들께서 그들을
한 명씩 일일이 벌주거나 구해주실 수 있을까요?

**스미크리네스** 그야 그렇지 않겠지. 그건 그분들의 삶을 고역으로 만들 테니까.

**오네시모스** 그렇다면 신들께서 우리를 돌봐주시지 않는단 말이냐고 나리께서
물으시겠죠. 신들께서는 우리 각자 안에다 그의 성격을
대장으로 임명하셨지요. 성격은 우리 안에서 감시하며
우리가 그것을 악용하면 우리를 벌주고
다른 사람을 구해주지요. 성격이 우리의 신이지요.
우리 각자가 성공하느냐 아니면 실패하느냐는
성격에 달려 있어요. 행복하게 살려면

어리석고 무식한 짓을 피함으로써 성격을 달래야 해요.

**스미크리네스** 그러니까 지금 내 성격이 무식한 짓을 하고 있단 말이냐?
이 괘씸한 녀석아!

**오네시모스** 그게 나리를 으깨고 있어요.

**스미크리네스** 이런 뻔뻔스런 녀석이 있나!

**오네시모스** 따님을 그 남편한테서 데려가는 것이 과연
옳다고 생각하세요, 스미크리네스 나리?

**스미크리네스** 누가 옳대? 하지만 지금은 어쩔 수 없어.

**오네시모스** *(소프로네에게)* 보고 있어요? 악이 불가피하다는 게 저분 생각이에요.
저분을 파멸케 하는 것은 다름 아닌 성격이에요.
*(스미크리네스에게)* 나리께서 악의 길로 들어서신 지금
우연이 나리를 구해주었어요. 그래서 나리께서는 여기 오셔서
모든 악이 해소된 것을 보고 계시는 거예요.
하지만 경고해두거니와, 스미크리네스 나리, 또다시 경솔한 짓을
하시다가 저한테 잡히는 일이 없도록 하세요. 이제 불평을 영원히
털어버리고 안에 드시어 외손자를 반가이 맞으세요!

**스미크리네스** *(놀라서)*
외손자라니? 이 매 맞을 녀석아.

37 기원전 317년과 307년 사이의 인구 조사에서 아테나이에는 2만 1천 명의 성인 남자 시민과 1천 명의 재류외인(在留外人)이 있었다고 하는데, 아테나이가 큰 도시라는 점을 고려한다면 각 도시에 3만 명의 주민, 곧 성인 남자 시민이 산다는 오네시모스의 주장은 상당히 과장된 것으로 생각된다. 오네시모스가 전체 인구를 말하는 것으로 보는 이들도 있지만, 당시 도시의 크기는 언제나 성인 남자 시민의 수에 따라 결정되었으며, 기원전 4세기에는 1만 명의 시민이 민주국가의 인구수로 가장 적당한 것으로 간주되었다.

**오네시모스** 나리께서는 스스로 영리하다고 생각하셨지만 우둔하셨어요.
결혼 적령기에 이른 따님을 그렇게 감독하시다니요!
그래서 우리는 오삭둥이를 기르게 된 거예요. 이건 기적이에요.

**스미크리네스** 대체 무슨 말을 하는 건지 모르겠네.

**오네시모스** 아마 이 노파는 알고 있겠지요. *(소프로네에게)* 소프로네,
작년 타우로폴리아제 때 아가씨를 붙잡고 무도장에서
한쪽으로 데려간 것은 우리 주인님이었소. 알아들었소?
이제 두 분이 서로 알아보았으니 만사가 해결되었소.

**스미크리네스** *(소프로네에게)*
그게 무슨 말이냐? 이 괘씸한 할망구 같으니라고.

**오네시모스** "그게 자연의 뜻이에요. 자연은 인간의 법 따위는 아랑곳없어요.
그게 여자가 타고난 운명이에요."[38]

나리께서는 참 아둔하시군요.
아직도 모르시겠어요, 스미크리네스 나리?
『아우게』에 나오는 비극 대사를 다 외울까요?

*(소프로네가 그제야 알아듣고 기뻐서 춤을 춘다)*

**스미크리네스** 네 바보 같은 감정 표현이 날 미치게 하는구나.
너는 틀림없이 지금 저 녀석이 하는 말을 알고 있어.

**오네시모스** 물론이죠. 노파가 나리보다 먼저 알아차렸어요.
틀림없다니까요.

**스미크리네스** *(그제야 알아차리고)*
정말 끔찍한 이야기로구나!

오네시모스　이보다 더 큰 행운은 없었어요.

스미크리네스　만약 네 말이 사실이라면, 이 아이는 · · ·

(제5막의 끝부분은 없어졌다. 160행쯤 되는 이 부분에서는 카리시오스가 등장해 장인과 화해하고는, 모든 사람들을 하객으로 자기 집에 초대한 것으로 추정된다)

## 위치 불명의 단편들

단편 9 (179 Kock)

그런 일이 없었다고 주장하신다면 끔찍한 일도 겪지 않으셨겠네요.

단편 10 (176 Kock)

자유민에게는 조롱당한다는 것이 훨씬 더 수치스러운 일이오.
하지만 고통은 인간이면 누구나 다 당하게 마련이오.

38　에우리피데스의 현재 단편만 남아 있는 비극 『아우게』(*Auge*)에서 인용한 것이다(단편 920 Nauck). 이 비극에서 아우게는 야간 축제 때 헤라클레스에게 겁탈당해 아이를 낳게 되는데, 그녀에게 남겨둔 반지에 의해 그가 아이의 아버지임이 밝혀진다.

S a m i a

# 사모스의 여인

(일명 결혼 계약)

/

**작품 소개**

이웃사촌인 데메아스와 니케라토스가 해외에 나가 있는 사이, 니케라토스의 딸 플랑곤과 데메아스의 아들 모스키온 사이에 아이가 태어난다. 둘은 결혼할 사이이다. 그사이 아이를 유산한 데메아스의 동거녀 크뤼시스는 두 사람의 원만한 결혼을 위해, 예비 부부의 아이를 자기가 낳은 데메아스의 아이라고 주장하겠다고 약속한다.

귀국한 데메아스는 어떤 노파가 그 아이는 모스키온의 아이라고 말하는 것을 엿듣고는, 모스키온은 플랑곤과 결혼하게 되어 있는 만큼 크뤼시스가 모스키온을 유혹한 것이라는 결론을 내린다. 데메아스가 크뤼시스와 아이를 집에서 내쫓자, 둘은 니케라토스의 집으로 간다. 플랑곤이 아이에게 젖을 물리고 있는 모습을 본 니케라토스는 아이의 아버지가 도대체 누군지 몰라 어리둥절해한다. 모스키온은 절망한 나머지 용병으로 해외에 나가려고 하지만, 드디어 모든 오해가 풀리고 결혼식이 치러진다.

메난드로스가 기원전 317년과 307년 사이에 무대에 올린 것으로 추정되는 이 희극은 근래에 발견된 파피루스 덕분에 상당 부분이 복원되었다.

**등장인물**

**모스키온**(Moschion) 청년 신사

**데메아스**(Demeas) 모스키온의 양부(養父)

**파르메논**(Parmenon) 데메아스의 노예

**크뤼시스**(Chrysis) 사모스* 출신 여인. 데메아스의 동거녀

**니케라토스**(Nikeratos) 그들의 이웃. 플랑곤(Plangon)의 아버지

**요리사**

**장소**

아테나이의 한 거리. 관객들 왼쪽에 있는 것이 데메아스의 집이고, 오른쪽에 있는 것이 니케라토스의 집이다. 그 사이에는 아폴론 신의 제단과 신상이 있다.

* 사모스(Samos)는 소아시아 서남 해안 앞바다에 있는 섬이다.

# 제1막

(제1막과 제2막은 심하게 손상되어 있다. 하지만 현재 남아 있는 것과 이 드라마의 나머지 부분을 토대로, 없어진 부분의 내용을 어느 정도 재구성할 수 있다. 프롤로고스[1]는 모스키온이 맡는다. 그의 말이 시작되기 전에 10~11행이 없어졌는데, 이 부분에서 그는 자신이 데메아스에게 입양된 과정을 밝힌 것으로 추정된다)

**모스키온** *(관객에게)*

· · · · · ·
· · · 왜 내가 고통을 안겨주어야 했던가?
· · · 괴로워요. 내가 잘못했으니까요.
생각건대, 이야기하는 것은 · · ·
그분[2]께서 어떤 종류의 사람인지 여러분[3]에게 밝히고
싶어요. 그게 이해에 도움이 될 거예요.
그때 이후[4]로 나는 아주 어려서부터 너무 귀염만 받아
버릇이 없어졌지요. 다 기억하고 있어요.

그러나 그 이야기는 그만둡시다. 내가 그것을 제대로
평가하기에는 너무 어릴 때, 그분께서는 나에게 친절하셨어요.
그 뒤 구역민으로 등록되었을 때[5] 나는 평범한 소년이었어요.
사람들 말마따나 '여럿 중 한 명'이었지요. 아니, 사실은 더 나빴지요.
우리는 부자였으니까요. 코로스의 비용을 대고
기부금을 냄으로써[6] 나는 명성을 떨쳤지요.
나는 또 사냥개들과 말들도 갖고 있었지요, 그분의 비용으로.
나는 기병대장으로 이름을 날렸고, 어려운 친구들을 조금은
도와줄 수 있었지요. 그분 덕택에 나는 사람이 된 셈이지요.
하지만 나도 그분에게 품위 있게 보답했어요.
예의 바르게 처신했으니까요. 그 뒤에 일이 벌어졌어요.
—자초지종을 다 밝힐게요. 시간은 충분하니까요—
그분께서는 사모스 출신의 동거녀에게 빠지셨어요.
하지만 그것은 누구에게나 있을 수 있는 일이지요.
그런데 그분께서는 창피해서 그것을 숨기려 하셨어요.

1 프롤로고스(prologos)는 일종의 서사(序詞)로, 메난드로스의 희극들에서는 드라마의 사건과 직접적인 관계가 없고 사건의 내막을 설명하는 역할을 할 뿐이다.

2 데메아스.

3 관객.

4 '입양된 이후로'라는 뜻.

5 당시 자유민인 아테나이 소년은 만 18세가 되면 자신의 구역(區域 demos : 앗티케 지방은 최종적으로 174개의 구역으로 나뉘었다)민들 앞에 나아가, 나이와 양친에 관한 확인 과정을 거쳐 구역민으로, 즉 완전 시민으로 등록하게 되어 있었다.

6 아테나이의 각종 축제에 참가하는 수많은 코로스(choros 합창가무단)의 의상과 훈련비용은 기원전 315년까지는 국가에서 지정하는 아테나이의 부자들이 부담했다. 부자들은 그 밖에도 비용이 많이 드는 국가적인 행사에 기부금을 냈다.

그분께서 원치 않으셨지만 나는 그것을 알아냈고,
그분께서 그 여인의 보호자가 되어주지 않으면
더 젊은 경쟁자들에게 시달리게 되실 거라고 판단했지요.
그분께서는 아마도 나 때문에, 그렇게 하기가 창피하셨던 것 같아요.
그래도 나는 그 여인을 집으로 데려오도록 그분을 설득했어요.

(여기서 23행 정도가 없어졌다. 이 부분에서 모스키온은 크뤼시스가 지금은 데메아스의 집에 와 있는데 임신 중이고, 데메아스와 니케라토스는 업무상 해외에 체류 중이며, 니케라토스에게 플랑곤이라는 딸이 있음을 밝힌 것으로 추정된다. 30~34행은 현재 일부가 남아 있지만 의미의 재구성이 사실상 불가능하다)

소녀의 어머니[7]는 아버지의 사모스 출신 여자 친구와
사이가 좋아졌어요. 그래서 그 여인[8]은 자주 그녀들의
집에 가 있었고, 그녀들도 우리를 방문했지요.
어느 날 내가 농장에서 돌아와보니
그녀들은 아도니스 축제[9]를 위해, 여기 우리 집에
다른 여인들과 함께 모여 있었지요.
그 행사는 물론 무척 재미있었고,
그래서 나는 일종의 구경꾼으로 참가했지요.
그들의 소음 때문에
잠을 이룰 수가 없었으니까요.
그들은 자신들의 분재(盆栽)를 지붕으로 들고 올라가
춤추며 밤새도록 놀았어요. 온 집안에 흩어져서 말예요.
그 뒷이야기는 말하기가 좀 무엇하군요. 그럴 필요도 없는데

창피해하는 것인지도 모르지요. 하지만 난 좀 창피하네요.
소녀가 임신을 했거든요. 뿐만 아니라 그전에 있었던
일도 나는 이미 여러분들에게 이야기했어요.
나는 내 책임이라는 것을 부인하지 않고, 내가 먼저
소녀의 어머니를 만나 아버지께서 돌아오시는 대로
그녀와 결혼하겠다고 약속하고 맹세까지 했어요.
얼마 전에 아이가 태어나자 나는 내 아이임을 인정했지요.
그러자 일이 잘 풀리려고 크뤼시스—이게 사모스 출신
소녀의 이름이라오— 도 아이를 낳았어요.

(여기서 29행 정도가 없어졌다. 이 부분에서 모스키온은 크뤼시스가 제 아이가 죽자 플랑곤의 아이를 대신 기르고 있다고 말하는 것으로써 프롤로고스를 끝내는 것으로 추정된다. 모스키온이 왼쪽으로 퇴장하자 크뤼시스가 데메아스의 집에서 등장하며 독백을 하는데, 지금은 그 끝부분만 남아 있다)

7 플랑곤의 어머니. 니케라토스의 아내.

8 크뤼시스.

9 아도니스제(Adonia)는 매년 6월 말 아테나이에서 개최되던 여인들의 축제이다. 아도니스(Adonis)는 퀴프로스(Kypros) 섬의 왕 키뉘라스(Kinyras)와 그의 딸 즈뮈르나(Zmyrna) 사이에서 태어난 미소년으로 아프로디테의 사랑을 받게 된다. 그가 사냥 나갔다가 멧돼지에게 찢겨 죽자, 제우스는 그가 1년 중 6개월은 지상에서 아프로디테와, 6개월은 저승에서 그곳의 여왕 페르세포네와 보내도록 결정한다. 이 축제를 위해 여인들은 금세 싹이 텄다 금세 시드는 씨앗들을 화분에 뿌려 지붕 위로 옮겼는데, 빠른 성장과 빠른 조락(凋落)이 아도니스의 삶을 상징하는 것으로 여겼던 것이다.

**크뤼시스** *(모스키온과 파르메논이 돌아오는 것을 보고)*
저기 그들이 서둘러 이리로 오고 있는 것이 보이는구나.
기다리고 있다가 그들이 하는 말을 들어봐야지.

*(모스키온과 파르메논, 왼쪽에서 등장)*

**모스키온** 네가 직접 아버지를 보았느냐, 파르메논?

**파르메논** 아직 못 들으셨나요? 네, 봤어요.

**모스키온** 우리 이웃집 사람[10]도?

**파르메논** 그분들은 벌써 와 계세요.

**모스키온** 잘됐구나.

**파르메논** 도련님은 용기를 내서 당장 결혼 문제를 꺼내세요.

**모스키온** 어떻게 말인가? 행동할 시간이 가까워지니
나는 벌써 겁쟁이가 되는구나.

**파르메논** 무슨 뜻이죠?

**모스키온** 아버지를 뵐 면목이 없구나.

**파르메논** *(화가 나서 목청을 돋우며)*
도련님이 유혹하신 소녀와 그녀의 어머니를 대할 면목은 있고요?
지금 떨고 계세요? 그렇다면 남자도 아녜요, 도련님은.

**크뤼시스** *(앞으로 나서며)*
고함은 왜 질러, 이 악당아!

**파르메논** 크뤼시스도 여기 있었네. 제가 왜 고함을 지르느냐고
물으시는데, 우스워서 그랬어요. 제가 바라는 것은
지금이라도 결혼식이 치러지고, 여기 이분[11]이 저 문 앞에서
울음을 그치고 자기 명예를 기억하는 거예요.

그리고 제물을 바치고, 화관을 쓰고, 케이크를 자를 때
제가 도와드리는 거예요. 그만하면 제가
고함을 지를 만한 충분한 이유가 있다고 생각지 않나요?

**모스키온** 나는 빠짐없이 다 할 거야. 두말하면 잔소리지.

**크뤼시스** 틀림없이 그렇게 되겠지요.

**모스키온** 그런데 아이는 지금처럼 여기 이 크뤼시스가 양육하게 하고,
그녀가 낳았다고 주장하게 할까?

**크뤼시스** 왜 안 되지요?

**모스키온** 아버지께서 노발대발하실 텐데.

**크뤼시스** 그러다가 그만두시겠지요. 이봐요, 그분도
당신 못지않게 사랑에 푹 빠져 있으니까요. 그렇게 되면
화가 머리끝까지 치민 사람도 금세 화해하게 되는 법이지요.
어떤 빈민가에서 유모가 이 아이를 기르게 되는 일이 없도록,
무엇이든 나는 참고 견딜래요.

(여기서 23행 정도가 없어졌다. 이 부분에서 크뤼시스와 파르메논은 집에 들어가고 모스키온 혼자 남아 독백한다. 그의 독백은 끝부분의 일부만 남아 있다)

**모스키온** · · · · 세상에서 가장 불쌍한 사람.
당장 목매다는 게 좋겠어.

10 데메아스와 동행했던 니케라토스.

11 모스키온.

연설가는 호감을 사야 해.
난 이런 일에는 경험이 없단 말이야.
외딴 곳에 가서 연습 좀 해야겠다.
나의 이번 싸움은 시시한 싸움이 아니니까.

*(모스키온이 오른쪽으로 퇴장하자 데메아스와 니케라토스가
하인들에게 짐을 잔뜩 지우고 왼쪽에서 등장한다)*

**데메아스** 장면의 변화를 못 느끼시겠소?
이곳이 끔찍한 그곳과는 얼마나 다른지 말이오.
**니케라토스** 왜 못 느끼겠소? 흑해,[12] 뚱뚱한 노인들,
수없이 많은 물고기들, 역겨운 삶. 뷔잔티온.[13]
쑥. 모든 게 써요. 아폴론 신이시여. 그러나 이곳은
가난한 사람들을 위한 순수한 축복이지요.
**데메아스** 더없이 사랑스러운 아테나이여! 그대가 받아 마땅한 모든 축복을
나는 그대에게 비노라, 이 도시를 사랑하는 우리도 모든 면에서
행복하도록. *(하인들에게)* 너희는 짐을 들이거라.
이봐, 거기. 너는 왜 나를 빤히 쳐다보며 서 있지? 중풍 환자처럼.
**니케라토스** 그곳 일대에서 나를 가장 어리둥절하게 만든 것은,
데메아스 씨, 가끔 여러 날 동안이나
계속해서 해를 볼 수 없다는 것이었소.
그곳은 짙은 안개에 싸여 있는 것 같았어요.
**데메아스** 그래요. 그곳엔 경이로운 것이라곤 아무것도 없었소.
그래서 해가 최대한 적게 그곳 사람들을 비췄던 것이지요.
**니케라토스** 거참 옳은 말씀이오.

**데메아스** 그러나 그 일은 다른 사람들이 염려하도록 내버려둡시다.
방금 우리가 이야기하던 일을 그대는 어떻게 처리하실 참이오?

**니케라토스** 아드님의 결혼 문제 말씀인가요?

**데메아스** 그렇소.

**니케라토스** 내 대답은 언제나 마찬가지요. 행운을 믿고 시작합시다. 115
어서 날을 잡읍시다.

**데메아스** 정녕 그렇게 생각하셨단 말이오?

**니케라토스** 물론이오.

**데메아스** 나도 그렇게 생각했소, 당신보다 먼저. 117

**니케라토스** 밖으로 나오시는 대로 나를 부르시오!

**데메아스** 몇 가지 · · ·

(여기서 14행 정도가 없어졌다. 이 부분에서 데메아스와 니케라토스는 각자 자기 집으로 들어간 것 같다)

코로스의 첫 번째 간주곡이 나온다.

12 여기서 '흑해'(黑海)라고 번역한 Pontos는 흑해 외에도 흑해 연안의 나라들, 그중에서도 흑해 남안의 여러 지방을 가리킨다.

13 뷔잔티온(Byzantion 라/Byzantium 후일의 Constantinopolis 지금의 Istanbul)은 보스포로스(Bosporos) 해협의 유럽 쪽 남단에 자리 잡은 도시로, 기원전 6세기에 그리스의 메가라(Megara)인들이 처음 세웠다.

# 제2막

*(모스키온은 오른쪽에서, 데메아스는 자기 집에서 등장한다.*
*두 사람은 처음에는 서로 보지 못한다)*

**모스키온** · · · · · · ·
· · · · · · ·
계획대로 연습[14]도 못해봤구나.
혼자서 도시 밖으로 나가자마자
제물을 바치고, 친구들을 식사에 초대하고,
여인들을 목욕하라고[15] 보내고, 케이크를 나눠주며 돌아다니고,
축혼가를 흥얼거릴 생각만 했으니까, 바보처럼.
그러다가 싫증이 나자 ―맙소사, 아버지께서 여기 계시다니!
내 말을 들으셨을까? 안녕하셨어요, 아버지!

**데메아스** 그래. 너도 잘 있었느냐, 애야!

**모스키온** 뭐가 그리 언짢으세요?

**데메아스** 왜 묻지? 내 여자 친구가 나도 모르게 아내가 된 것 같구나.

**모스키온** 아내라니요? 어째서요? 무슨 말씀이신지 모르겠네요.

**데메아스** 나도 모르게, 나한테 아들이 태어난 것 같단 말이다.
그녀[16]는 아이를 데리고 내 집을 떠나게 될 거야, 지옥으로 말이다.

**모스키온** 그건 안 돼요.

**데메아스** 왜 안 된다는 거지? 너는 내가 남을 위해 그 서자(庶子)를
저 안[17]에서 양육하기를 바라는 거니? 그건 내 성품에 맞지 않아.

**모스키온** 맙소사! 우리 가운데 누가 적자고 누가 서자란 말예요?
우리는 모두 인간이 아닌가요?

**데메아스** 너 지금 농담하는 게로구나.

**모스키온** 디오뉘소스[18] 신에 맹세코, 농담이 아니라 진담이에요.
출생에는 차이가 없다는 게 제 생각이에요.
제대로 잘 살펴보면, 착한 사람은 적자고
악한 사람은 서자에다 노예지요.

(여기서 16행 정도가 없어졌다. 이 부분에서 모스키온은 아이를 버리지 말라고 아버지를 설득한 것 같다. 145~149행은 심하게 손상되어 있는데, 여기서는 데메아스가 아들의 결혼 문제를 제기해 승낙을 얻은 듯하다)

14 아버지를 설득하기 위한 언변 연습.

15 당시 그리스에서 신랑 신부는 결혼식을 올리기 전에 목욕하게 되어 있었다.

16 크뤼시스.

17 '내 집에서'라는 뜻.

18 디오뉘소스(Dionysos 일명 Bakchos)는 그리스 신화에서 제우스와 세멜레(Semele)의 아들로 주신(酒神)이다.

**데메아스** 그들[19]만 동의하면 너는 결혼하겠니?

**모스키온** 사정도 안 물어보시고 어떻게 제가 진심이라는 것을 알고
저를 도와주실 수 있단 말예요?

**데메아스** 진심이라고? 물어보지 않는다고? 모스키온,
네가 말하는 사정이 뭔지 알겠다. 지금 나는 그 사람을
찾아가 결혼 준비를 하도록 이르겠다. 우리 쪽에서도
준비할 것이다. 나는 지금 안에 들어가 내게 성수(聖水)를
뿌리게 하고, 헌주하고 제단에 향을 피우겠다.

**모스키온** 저는 신부를 데려올게요.

**데메아스** 아직은 들어가지 마—그가 이 일에
동의하는지 내가 알아보기 전에는 말이야!

**모스키온** 그분은 반대하시지 않을 거예요. 하지만 저는
함께 들어가 끼어들기가 좀 뭣하네요.

*(모스키온, 왼쪽으로 퇴장)*

**데메아스** 우연의 일치도 일종의 신(神)인 것 같아.
그것은 우리가 보지 못하는 많은 일들을
보살펴주니까. 난 정말 몰랐어,
내 아들이 사랑에 빠진 줄은 · · ·

(여기서 27행 정도가 없어졌다. 그리고 이어지는 25행은 몹시 손상되어 있다. 현재 남아 있는 것들로 의미를 재구성해보면, 니케라토스가 집에서 나오자 데메아스가 그날로 결혼식을 올리자고 그를 설득한 것으로 보인다)

**데메아스** 파르메논! 이봐, 파르메논! *(파르메논이 집에서 등장하자)*
화관들과 제물로 쓸 가축과 케이크에 넣을 깨[20]가 필요해.

· · · 시장(市場)에 있는 것들을 몽땅 사 갖고 오도록!

파르메논 몽땅 말인가요? 그건 제게 맡기세요.

데메아스 서둘러! 지금 당장. 요리사도 한 명 데려오고!

파르메논 요리사도요? 물건을 산 다음에 말예요?

데메아스 그래, 산 다음에.

파르메논 돈을 좀 받아 가지고 뛰어나갈게요.

*(파르메논, 집으로 퇴장)*

데메아스 아직도 안 가고 거기 있었소, 니케라토스 씨?

니케라토스 나는 들어가 안에서 할 일들을 준비하라고 내 아내에게 이른 뒤에, 곧장 저자[21]를 뒤쫓아갈 것이오.

*(니케라토스가 자기 집으로 퇴장하자 파르메논이 바구니를 들고 어깨 너머로 말하며 등장한다)*

파르메논 아무것도 몰라요, 저는. 그런 명령을 받았다는 것 말고는. 그래서 저는 지금 시장에 가는 중이에요.

데메아스 그는[22] 아내를 설득하느라 진땀깨나 흘릴걸. 우리는 토론하거나 지체할 겨를이 없으니까. 이봐, 시간 낭비하면 안 돼! 뛰지 못해!

19 니케라토스와 그의 아내와 플랑곤.

20 당시 결혼식을 올릴 때는 대체로 양을 제물로 바쳤으며, 결혼 케이크에는 깨가 들어갔다고 한다.

21 파르메논.

22 니케라토스.

. . . . . . .

. . . . . . .

(여기서 10행 정도가 없어졌다. 이 부분에서는 니케라토스가 시장에 가고 데메아스가 집에 들어간 뒤에, 코로스가 등장하는 것으로 추정된다)

코로스의 두 번째 간주곡이 나온다.

# 제3막

**데메아스** *(집에서 등장하며)*

· · · 순조로운 항해 중에
갑자기 예상치도 못했던 폭풍이
불어닥쳐, 잠시 전까지도 잔잔한 바다 위를
달리던 자들을 부수고 엎어버렸소.
바로 내가 그런 꼴을 당했소.
나는 결혼 준비를 하고 신들에게 제물을 바쳤으며,
모든 게 계획대로 순조롭게 되어갔소.
그런데 지금 나는, 내 두 눈이 아직도 제대로 보고 있는지도
모르겠소. *(관객에게)* 지금 나는 여러분에게로 내려오고 있소,
느닷없이 큰 거 한 방을 맞고서 말이오. 믿어지지가 않소.
자, 여러분이 판단해주시오. 내가 제정신인지 아니면 미쳤는지,
그래서 모든 것을 잘못 계산하고는 큰 불행 속으로 뛰어드는 건 아닌지.
나는 결혼 준비를 해야겠다는 일념으로 안에 들어가자마자
안에 있는 사람들에게 사실대로 알기 쉽게,

설명하고 필요한 준비를 하라고 일렀소.
청소하고 빵을 굽고 의식용 바구니[23]를 준비해두라고.
물론 모든 일이 순조롭게 진행되었소.
그런데 빠른 진행 속도가 약간의 혼란을 야기했소.
당연한 일이지요. 아이는 한쪽에 있는 긴 의자 위에 내던져져
앙앙 울고 있고, 하녀들은 한꺼번에 소리쳤소.
"밀가루 주세요. 물 그리고 올리브기름도요. 숯도요."
나는 그중 더러는 건네주기도 하고 거들어주기도 했소.
그러다가 우연히 찬방에 들어가게 되었소.
더 많은 식재료를 찾아내고 찬찬히 살펴보느라고
나는 그곳에서 금방 나오지 못했소.
그런데 내가 그곳에 있는 동안 어떤 여인이
이층 방에서 찬방 바로 옆방으로 내려왔소.
그곳은 바느질방으로, 이층으로 올라가거나
찬방으로 가려면 그곳을 거치게 되어 있지요.
그녀는 모스키온의 유모로
꽤 나이가 많았는데, 전에는 내 하녀였지만
지금은 자유의 몸이 되었소. 아무도 돌봐주는 이 없이
아이가 앙앙 울고 있는 것을 보자,
그녀는 내가 집안에 있는 줄도 모르고
큰 소리로 말해도 되겠다 싶어 아이에게 다가가
늘 하던 대로 말했소. "더없이 귀여운 아가야!
귀엽기도 해라! 엄마는 어디 있지?"
그러고는 입 맞추며 아이를 이리저리 어르는 것이었소.
아이가 울음을 그치자 그녀는 혼잣말로 중얼거렸소.

"아아, 내가 모스키온 자신을 이처럼 귀여워하며
젖을 먹이던 때가 바로 엊그제 같은데,
이제는 그 애의 아들이 태어나 내가 귀여워하고 있다니.

(여기서 4, 5행이 없어지거나 손상되어 있다)

· · · 그리고 · · ·
· · · 태어났구나."
· · · 그리고 한 하녀가 뛰어들어오자
유모가 말했소. "이봐, 애 목욕시켜야지.
대체 뭣들 하고 있는 거야? 제 아버지 결혼식 날인데
어린것을 돌봐주지도 않고!"
그러자 즉시 하녀가 대답했소. "소리 지르지 마세요.
나리께서 집안에 계세요." "그럴 리가! 어디에?"
"찬방에요." 그러고 나서 그녀는 목소리를 높였소.
"마님께서 부르세요, 유모. 어서 가보세요!
나리께서는 한마디도 못 들으셨어요. 다행이지 뭐예요."
그러자 유모가 "내가 괜히 혀를 놀렸나보다!"라고
말하더니 어디론가 가버렸소.
그래서 나는 잠시 전에 여기서 그랬듯이
차분하고 침착하게 걸어나왔소. 마치 아무것도
듣지도 이해하지도 못한 것처럼 말이오.

23 『심술쟁이』 주 26 참조.

그리고 나의 사모스 출신 여자 친구가 혼자서
아이를 품에 안고 젖을 먹이고 있는 것을 보았소.
그녀가 아이의 엄마인 게 확실하오.
그러나 누가 아버지인지는 —그 애가 내 아이인지
아니면—여러분들, 나는 말하지도 생각하지도 않겠소.
나는 들은 대로 여러분에게 전할 뿐이오.
나는 화나지 않았소, 아직은!
나는 내 아들을 잘 알고 있소. 암, 알고말고요.
그 애는 지난날 늘 예의 발랐고
나에게는 더없이 공손했소.
하지만 그렇게 말한 것이 그 애의 전(前) 유모이고
내가 거기 없는 줄 알고 그렇게 말했다는 점을
다시 생각하면, 그리고 그녀[24]가 아이를 귀여워하며
내가 싫다는데도 부양하자고 고집을 부리던 옛 모습을
다시 떠올리면, 나는 완전히 미칠 것만 같아요.
마침 저기 파르메논이 시장에서 돌아오고 있는 것이
보이는구나. 그가 데려온 자들[25]을
집안으로 데리고 들어가게 해야겠구나.

*(파르메논이 장바구니를 든 채, 요리사와 그 조수 또는 조수들을 데리고 오른쪽에서 등장한다)*

**파르메논** 이봐요 요리사, 왜 그렇게 식칼들을 차고 다니는지
나로서는 통 모르겠네요. 혀로도 무엇이든
충분히 저밀 수 있을 텐데 말이오.

**요리사** 당신은 전문가가 아니니까 모르지.

**파르메논** 내가?

**요리사** 그렇다니까, 내가 보기에는. 얼마나 많은 식탁[26]을 차릴 것이고,
얼마나 많은 여인들이 올 것이며,
언제 만찬이 시작될 것이며, 웨이터를 대야 할 것인지,
집안의 식기류는 충분한지, 부엌에는 지붕이 있는지,
그 밖에 다른 것은 다 준비되어 있는지 내가 묻는다면· · ·

**파르메논** 이봐요, 당신은 나를, 당신도 모르는 사이에 저며놓는군요.
전문가답게.

**요리사** 염병할!

**파르메논** 당신이나 염병하시오. 철저히!
하지만 안으로 드시오!

*(요리사 일행이 데메아스의 집안으로 들어간다)*

**데메아스** 파르메논!

**파르메논** 누가 날 불렀나?

**데메아스** 그래, 내가 불렀다.

**파르메논** *(그제야 돌아서며)*
안녕하세요, 나리!

**데메아스** 바구니 갖다놓고 이리 나오너라!

24 크뤼시스.
25 요리사와 그 조수 또는 조수들.
26 당시에는 1인용 식탁이 사용되었다.

**파르메논** 네, 알았어요.

*(파르메논, 바구니를 들고 데메아스의 집안으로 들어간다)*

**데메아스** 생각건대 여기서 일어나는 것과 같은 종류의 일이라면
그가 눈치채지 못할 리가 없지. 그는 누구 못지않게
남의 일에 참견하기 좋아하니까. 문 여는 소리가 나며
그가 나오고 있구나.

*(파르메논이 어깨 너머로 말하며 데메아스의 집에서 등장한다)*

**파르메논** 요리사에게 그가 원하는 것은 무엇이든 다 주세요,
크뤼시스 아씨! 노파[27]는 술병에 접근하지 못하게 하세요,
제발. *(데메아스에게)* 제가 할 일이 뭔가요, 나리?

**데메아스** 네가 할 일이 뭐냐고? 문에서 이쪽으로 다가와봐!
좀 더 가까이!

**파르메논** 여기 말인가요?

**데메아스** 자, 내 말 들어봐, 파르메논!
난 널 때리고 싶지 않아. 정말이야.
그럴 만한 이유가 좀 있기는 하지만.

**파르메논** 때리다니요? 제가 어쨌는데요?

**데메아스** 너는 내게 뭔가를 숨기기로 공모했어. 그걸 내가 알아냈어.

**파르메논** 제가요? 아니에요. 디오뉘소스에 맹세코, 여기 이 아폴론에 맹세코,
구원자 제우스[28]에 맹세코, 아스클레피오스에 맹세코 · · ·

**데메아스** 그만해! 맹세하지 마! 짐작으로 하는 말이 아니야.

**파르메논** 아니면 저는 결코 · · · [29]

**데메아스** 이봐, 날 똑바로 쳐다봐!

**파르메논** 보세요. 똑바로 쳐다보고 있잖아요.

**데메아스** 누구의 아이지?

**파르메논** 네?

**데메아스** 누구의 아이냐고 묻고 있다.

**파르메논** 크뤼시스의 아이예요.

**데메아스** 아버지는 누구지?

**파르메논** 나리라고 그녀는 말하고 있어요.

**데메아스** 넌 끝장이야. 넌 날 속이려 하고 있어.

**파르메논** 제가요?

**데메아스** 모든 사실을 난 정확히 알고 있어. 난 알아냈단 말이야.
그 아이는 모스키온의 아이이고, 너도 그것을 알고 있으며,
크뤼시스가 그를 위해 아이를 기르고 있다는 것을.

**파르메논** 누가 그렇게 말했죠?

**데메아스** 모두가. 대답해, 그게 사실이냐?

**파르메논** 네, 나리. 하지만 감추고 · · ·

**데메아스** *(화를 벌컥 내며)*
뭘 감춰! 하인들 중에 누가 가죽끈 좀 갖다다오,
이 못된 녀석을 손볼 수 있도록!

**파르메논** 제발 그러지 마세요!

**데메아스** 네 몸에 문신[30]을 새길 거야. 반드시.

27 노(老)유모.

28 제우스는 그리스 신화에서 최고신이다. 아스클레피오스는 아폴론의 아들로 의술(醫術)의 신이다.

29 여기서 파르메논은 '제 말이 거짓이라면 저는 망해도 좋습니다'라는 뜻으로 말한 것 같다.

**파르메논** 제 몸에 문신을 새기신다고요?

**데메아스** 그것도 지금 당장.

**파르메논** 나는 이제 끝장났구나.

*(파르메논, 이렇게 말하며 도망치기 시작한다)*

**데메아스** 어디로 가는 거야, 어디로? 이 매 맞을 놈아!
저 녀석 잡아라. 오오! 케크롭스[31] 나라의 성채여,
오오, 광대한 하늘이여! 그런데 왜 소리 지르지? 데메아스.
왜 소리 지르지? 바보같이. 너 자신을 억제하고 마음을
굳게 먹어야지. 잘못한 것은 모스키온이 아니야. *(관객에게)*
여러분, 이 말이 역설적으로 들릴지 모르지만 사실이라오.
만약 그 애가 계획적으로, 또는 사랑에 불붙어,
또는 내가 미워서 그런 짓을 했다면
그 애는 여전히 같은 마음으로 내게 뻔뻔스럽고
적대적이었을 것이오. 한데 그 애는 지금 자신을 위해
계획된 결혼을 기꺼이 수락함으로써
내 앞에서 자신의 결백을 완전히 입증하지 않았는가!
그 애를 부추긴 것은 아까 내가 생각했던 대로
사랑이 아니라 집안에 있는 나의 헬레네[32]에게서
벗어나고 싶은 욕구였소. 그녀가 사건의 장본인이오.
틀림없이 그녀가 그 애를 붙잡았소. 그 애가 술에 취해
자제력을 잃었을 때 말이오. 독한 술[33]과 젊음은,
그것들을 이용해 음모를 꾸미려는 자가 가까이 있을 때는
여러 가지 어리석은 짓을 저지를 수 있기 때문이오.
남들에게는 누구에게나 예의 바르고 사려 깊은
그 애가 나에게 그렇게 대한다는 것은

생각건대 도무지 믿을 수 없는 일이오.
그 애가 열 번씩이나 입양되고 내 친자식이 아니라 하더라도.
나는 그 애의 출신이 아니라 그 애의 성격을 보는 것이오.
그러나 그 여자는 갈보에다가 파멸이오. 그래서 어쨌다는 거지?
그녀는 배기지 못할 것이오. 데메아스, 너는 지금이야말로
남자가 되어야 해. 그녀를 향한 그리움 따위는 잊어버리고
사랑도 그만둬! 일어난 일은 네 아들을 위해
되도록 덮어버리고, 그 사모스 출신 미인은
집에서 거꾸로 내던져버려. 지옥으로 말이야.
그럴 만한 이유가 있잖아, 그녀가 아이를 거두었으니까.
그 밖에 다른 것은 공개적으로 드러내지 않도록 해.
이를 악물고 견디도록 해. 용감하게 버티도록 해!

**요리사** *(데메아스의 집에서 등장하며)*

녀석이 여기 문 밖으로 나왔을까?

30 당시 도망치다 잡힌 노예에게는 흔히 얼굴에 문신을 새겼다고 한다.

31 케크롭스(Kekrops)는 아테나이 최초의 왕으로 대지에서 태어났으며 하반신은 뱀이었다고 한다. '케크롭스의 나라'란 앗티케 지방을 말한다.

32 헬레네(Helene)는 제우스와 레다(Leda)의 딸로, 스파르테(Sparte) 왕 메넬라오스(Menelaos)의 아내이다. 트로이아(Troia)의 왕자 파리스(Paris)가 절세미인인 그녀를 데려감으로써 트로이아 전쟁이 일어난 까닭에, 고대 그리스인들은 그녀를 바람기 있는 부정한 아내의 전형으로 여겼다.

33 고대 그리스인들은 포도주를 반드시 물로 희석해 마셨는데 그 비율은 처음에는 1:3이었지만 나중에는 2:3이었다. 오뒷세우스(Odysseus)의 전우들을 잡아먹은 외눈박이 거한(巨漢) 폴뤼페모스(Polyphemos)와 반인반마(半人半馬)인 켄타우로스(Kentauros)족의 이야기가 말해주듯, 독한 술은 야만인들이나 마시는 것으로 건강에도 좋지 않다고 믿었던 것이다. 『심술쟁이』 주 43 참조.

이봐 파르메논! 녀석이 도망쳐버렸구나,
전혀 도와주지도 않고.

**데메아스** *(자기 집안으로 뛰어들며)*
한쪽으로 비키란 말이야!

**요리사** 맙소사, 이게 대체 어찌된 일이야?
웬 미친 영감[34]이 집안으로 뛰어들어갔으니 말이야.
무슨 좋지 못한 일이 일어났나봐. 그게 나와 무슨 상관이야.
내가 보기에 그는 미쳤어. 틀림없다니까.
아무튼 그는 고래고래 고함을 질러댔어.
밖에 내놓은 내 식기들을 그가 한꺼번에 몽땅
박살 낸다면 참 재미있을 거야. 그가 문을 두드리는 소리가
났어. 파르메논 녀석 완전히 망해버려라,
나를 이런 곳으로 데려오다니. 조금 뒤로 물러나볼까.

*(요리사가 뒤로 물러서자 데메아스가 아이를 안고 있는 크뤼시스와 유모를 앞으로 떠밀며 자기 집에서 나온다)*

**데메아스** 안 들려요? 떠나란 말이오!

**크뤼시스** 어디로 말예요? 여보!

**데메아스** 지옥으로. 그것도 지금 당장!

**크뤼시스** 가련한 내 신세!

**데메아스** 물론 가련하지요. 눈물은 확실히 동정을 불러일으키는 법이니까.
이젠 더 이상 못하게 하겠소.[35]

**크뤼시스** 내가 뭘 어떻게 했는데요?

**데메아스** *(사건을 덮어버리기로 결심했던 일을 생각하며)*

아무것도 아니오. 당신은 아이와 노파를 받았으니
지옥으로 가시오, 어서!

**크뤼시스** 내가 아이를 거두었기 때문인가요?

**데메아스** 그렇소. 그리고 또 · · ·

**크뤼시스** 또 뭐지요?

**데메아스** 그 때문에!

**요리사** *(뒤에서)*
그래, 그게 화근이었구먼. 알겠다.

**데메아스** 당신은 풍족한 생활을 즐길 줄 몰랐단 말이오.

**크뤼시스** 내가 몰랐다고요? 무슨 뜻이지요?

**데메아스** 크뤼시스, 내가 있는 이곳에 왔을 때 당신은 무명옷을 입고 있었소.
알겠소? 아주 평범한 걸로 말이오.

**크뤼시스** 그래서요?

**데메아스** 나는 당신에게 전부였소, 당신이 가난할 때는.

**크뤼시스** 지금은 누구지요?

**데메아스** 내게 말대꾸하지 마시오. 필요한 것들을
당신은 다 갖고 있소. 하인들도
몇 명 줄 테니, 이 집에서 떠나시오!

**요리사** *(뒤에서)*
이건 일종의 광란이군! 내가 나서야겠다.

34 요리사는 아직 데메아스에게 소개되지 않아, 미쳐 날뛰는 노인이 자기가 일하게 될 집의 주인인 줄 모르고 있다.

35 이제 더 이상 내 아들과 놀아나지 못하게 할 것이라는 뜻이다.

*(앞으로 나서며)* 여보시오, 이것 보시오 · · ·

**데메아스** 웬 참견이야?

**요리사** *(뒤로 물러서며)*

날 물지 마시오![36]

**데메아스** *(그를 무시하며)*

다른 여자 같으면 내가 주는 것으로 행복해하며
신들에게 감사의 제물을 바칠 것이오, 크뤼시스!

**요리사** *(뒤에서)*

이게 대체 무슨 소리야?

**데메아스** 당신은 아들도 낳았으니 필요한 것은 다 갖고 있소.

**요리사** *(뒤에서)*

아직은 물지 않는구먼. *(다시 앞으로 나서며)* 하지만 · · ·

**데메아스** 또 참견하면 자네 머리를 후려칠 것이다.

**요리사** 그래도 싸지요. 자, 보세요. 벌써 안으로 들어가고 있잖아요.

*(요리사, 데메아스의 집안으로 퇴장)*

**데메아스** *(크뤼시스에게)*

당신은 대단한 인물이오. 이제 시내(市內)에서
당신은 자신의 진가를 발휘하게 될 것이오.
크뤼시스, 당신과 전혀 다른 유형의 여인들은
10드라크메만 받고도 만찬장으로 달려가서
죽을 때까지 독한 술을 마시거나,
아니면 굶게 될 것이오. 그 짓을 빨리, 그리고 기꺼이
하지 않으면 말이오. 하지만 당신도 누구 못지않게
그것을 잘 알게 되리라고 나는 확신하오.
그러면 당신은 자신이 어떤 실수를 저질렀는지

알게 되겠지요. 거기 그대로 서 있으시오!

*(데메아스, 자기 집안으로 퇴장)*

**크뤼시스** 가련한 내 신세! 내 운명은 어떻게 되는 거지?

*(니케라토스, 양 한 마리를 들고 오른쪽에서 등장)*

**니케라토스** 이 양이 일단 제물로 바쳐지면 신들과 여신들을 위한
통상적인 제물을 모두 다 대줄 수 있겠지.
피도 있고, 쓸개도 충분하고, 뼈도 깨끗하고,
비장도 큼직하니까. 모두 올륌포스[37]의 신들께서 원하시는 것들이야.
껍질은 썰어서 친구들에게 맛보라고 보내야지.
그것이 내게 남는 것이니까. *(크뤼시스를 발견하고는)*
맙소사. 이게 어찌 된 일이야? 여기 내 문 앞에
크뤼시스가 울면서 서 있다니! 그녀가 틀림없어.
대체 무슨 일이 일어났지요?

**크뤼시스** 당신의 소중한 친구가 나를 내쫓았어요. 그게 다예요.

**니케라토스** 맙소사. 누가? 데메아스 말인가요?

**크뤼시스** 그렇다니까요.

**니케라토스** 왜요?

**크뤼시스** 아이 때문이에요.

36 여기서 '물다'는 말은 때린다는 뜻이다. 『심술쟁이』 467행 참조.

37 올륌포스(Olympos)는 그리스와 마케도니아(Makedonia)의 경계를 이루는 그리스에서 가장 높은 산으로(최고봉 2,917미터), 고대 그리스인들은 그들의 가장 중요한 12신이 그곳에 산다고 믿었다.

**니케라토스** 당신이 아이를 거두어 양육한다는 말을 나도
여자들한테서 듣긴 들었소. 그건 미친 짓이오.
하지만 데메아스는 느긋한 사람이오. 처음에는
화내지 않았지요? 나중에 그러던가요? 아주 최근에?

**크뤼시스** 그래요. 나더러 집안에서 결혼식 준비를 하라고 이르더니,
내가 눈코 뜰 새 없이 바쁠 때 미친 사람처럼
안으로 쳐들어와서는 나를 내쫓고 문을 잠가버렸어요.

**니케라토스** 그렇다면 데메아스가 미친 것이로군요. 흑해는 건강에
좋은 곳이 아니오. 자, 이리 따라오시오. 내 아내에게로.
힘내요. 뭘 해드릴까? 그는 자기가 한 짓을
곰곰이 생각해보고는 정신 차리고 그만둘 거요.

*(니케라토스, 크뤼시스를 데리고 자기 집으로 퇴장)*

코로스의 세 번째 간주곡이 나온다.

# 제4막

*(니케라토스, 어깨 너머로 말하며 자기 집에서 등장)*

**니케라토스** 여보, 제발 잔소리 좀 작작 하시오.
그를 공격하러 가는 길이오. 이런 일은 일어나지
말았어야 하는데. 어떤 대가를 치르더라도.
한창 결혼식 준비를 하는데 불길한 조짐이 나타나다니!
한 여자가 쫓겨나 아이를 데리고 우리 집에 왔으니 말이야.
그래서 집안은 눈물바다가 되고 여자들은 난리가 났지 뭐야.
데메아스는 정말로 너절한 사람이야. 신들에 맹세코,
그는 자신의 무모한 행동에 비싼 값을 치르게 될 거야.

*(모스키온, 왼쪽에서 등장)*

**모스키온** *(니케라토스를 보지 못하고)*
해가 안 지려나? 무슨 말을 해야 하지?

밤이 제 소명을 잊었나봐. 오후가 참 길기도 하지.
가서 세 번째 목욕을 해야지. 달리 할 일도 없으니까.

**니케라토스** 만나서 반갑네, 모스키온!

**모스키온** 이젠 결혼식을 올리게 되나요? 방금 시장에서
만났을 때 파르메논이 그렇게 말했어요. 내가
지금 가서 신부를 데려오지 못하도록 무엇이 방해하는 거죠?

**니케라토스** 자넨 여기서 일어난 일을 아직도 모르고 있구먼.

**모스키온** 무슨 일이죠?

**니케라토스** 무슨 일이냐고? 예사롭지 않은 불쾌한 일이 일어났다네.

**모스키온** 아니, 무슨 일인데요? 저는 영문도 모르고 왔어요.

**니케라토스** 여보게, 크뤼시스를 방금 집에서 내쫓았네. 자네 아버지가 말이야.

**모스키온** 설마!

**니케라토스** 그랬다니까!

**모스키온** 무엇 때문에요?

**니케라토스** 아이 때문에.

**모스키온** 지금 그녀는 어디 있지요?

**니케라토스** 우리 집에.

**모스키온** 끔찍하고도 믿을 수 없는 일이로군요.

**니케라토스** 자네가 끔찍한 일이라고 생각한다면 · · ·

*(두 사람이 걸어가는 동안, 데메아스가 어깨 너머로 말하며 자기 집에서 등장한다)*

**데메아스** 몽둥이가 잡히기만 해봐라. 너희들 모두
울음을 그치도록 해주겠다. 이 무슨 어리석은 짓인가!
어서 요리사를 도와주지 못할까! 하긴 울만도 하지.

너희들의 강력한 후원자가 집을 떠났으니 말이야.
사실 그대로가 말해주고 있어. 안녕하세요, 다정하신 아폴론 신이시여.
지금 우리가 올리려는 이 결혼식이 우리 모두에게
행운을 가져다주게 해주소서. 왜냐하면 *(관객에게)* 여러분,
나는 분을 삭이며 이 결혼식을 올리려 하니까요.
내가 누구에게도 내 감정을 드러내지 않고,
억지로라도 축혼가를 부를 수 있게 해주소서.
지금 상태로는 노래를 잘 부를 수 없나이다. 하지만 그러면 어때요?
· · · · · ·

**니케라토스** 모스키온, 자네가 먼저 가게. 나보다 한발 앞서!

**모스키온** *(앞으로 나서며)*
안녕하세요, 아버지. 왜 이러세요?

**데메아스** 내가 뭘 어쨌는데, 모스키온?

**모스키온** 어쨌느냐고요? 왜 크뤼시스가 떠났는지 말씀해주세요!

**데메아스** *(혼잣말로)* 누가 나에게 중재인을 보낸 거야. 무서운 세상이야!
*(모스키온에게)* 그건 네 일이 아니야. 전적으로 그건 내 일이지.
이 무슨 어리석은 짓인가! *(혼잣말로)* 그는 나를 해코지하는 데 가담했어!

**모스키온** 무슨 말씀이신지요?

**데메아스** *(여전히 혼잣말로)*
확실해. 그렇지 않다면 그가 왜, 그녀를 위해 나서겠는가?
그는 이번 일을 고소해하는 게 틀림없어.

**모스키온** 친구들이 이 일을 알게 되면 무슨 말을 할 것이라고 생각하세요?

**메데아스** · · · 친구들은, 모스키온. 그 일이라면 내게 맡겨!

**모스키온** 제가 그랬다면 저는 점잖지 못한 짓을 한 거예요.

**데메아스** 네가 나를 제지하겠다는 거냐?

**모스키온** 그래요.

**데메아스** 이건 해도 너무하는군. 이건 먼젓번 끔찍한 일들보다 더 끔찍해.

**모스키온** 사사건건 분통을 터뜨리는 것은 좋지 않아요.

**니케라토스** *(다가서며)*
그의 말이 옳아요, 데메아스 씨!

**모스키온** 가서 그녀에게 이리로 오라고 일러주세요, 니케라토스 씨!

**데메아스** 모스키온, 그 일은 내게 맡겨. 내게 맡기란 말이야, 모스키온!
그리고 세 번째로 말해두거니와 나는 다 알고 있어.

**모스키온** 무엇을 다 아신다는 거죠?

**데메아스** 내게 말대꾸하지 마!

**모스키온** 해야겠어요, 아버지!

**데메아스** 해야겠다고? 내가 내 것도 내 마음대로 못하냐?

**모스키온** 그렇다면 호의를 베푸시는 셈치고, 그렇게 해주세요.

**데메아스** 그게 호의냐? 너는 나더러 너희 두 사람을 함께 남겨두고
집을 떠나라고도 하겠구나. 네 결혼식 준비를 하도록
날 내버려둬. 너도 이성이 있다면 그렇게 하겠지.

**모스키온** 물론이죠. 하지만 크뤼시스도 참석했으면 좋겠어요.

**데메아스** 크뤼시스도?

**모스키온** 제가 그것을 고집하는 것은 아버지를 위해서예요.

**데메아스** *(혼잣말로)*
이제는 분명하고도 확실해졌구나. 록시아스[38]여, 내 그대를 증인으로
부르나이다.
누가[39] 내 적들과 공모하고 있어요. 정말 분통이 터질 것만 같구나.

**모스키온** 무슨 말씀을 하시는 거예요?

데메아스　정말로, 내가 네게 말해주기를 바라느냐?

모스키온　그렇다니까요.

데메아스　*(한쪽으로 걸어가며)* 이리 오너라!

모스키온　*(데메아스를 따라가며)* 말씀하세요!

데메아스　그렇게 하지. 그 아이는 네 아이다. 나는 알고 있다.
비밀을 알고 있는 사람한테서 들었어. 파르메논 말이야.
그러니 나를 가지고 장난치지 마!

모스키온　그렇다면 크뤼시스가 어떻게 아버지를 해코지했지요? 그 아이가
내 아이라면.

데메아스　그렇다면, 누구 잘못이냐?

모스키온　하지만 어째서 그녀에게 책임이 있지요?

데메아스　무슨 말을 하는 거냐? 너희 둘은 양심도 없냐?

모스키온　고함은 왜 지르세요?

데메아스　*(격노하여)*
내가 왜 고함을 지르느냐고 묻는 게냐? 이 인간쓰레기야!
말해봐, 네가 정말 책임지겠냐? 그러고도 내 얼굴을
똑바로 쳐다보며, 감히 그런 말[40]을 할 수 있는 게냐?
너는 이렇게 내게 완전히 등을 돌리는 게냐?

모스키온　제가, 어째서요?

데메아스　"어째서요?"라고 네가 감히 묻는 게냐?

38　록시아스(Loxias)는 아폴론의 별명 중 하나로, 그 정확한 뜻은 알 수 없지만 예언의 신으로서의 그의 기능과 관계가 있는 것으로 생각된다.

39　모스키온.

40　479행을 말한다.

**모스키온** 제가 저지른 일은 그렇게 끔찍한 일은 아녜요.
많은 사람들이 그렇게 했으니까요, 아버지.

**데메아스** 맙소사. 저렇게 뻔뻔스러울 수가! 여기 이 관객들 앞에서 묻겠다.
누가 그 아이의 어머니냐? 니케라토스 씨에게 말해봐.
그게 끔찍한 일이 아니라고 생각한다면 말이다.

**모스키온** *(혼잣말로)*
하지만 그분께 이 일을 말해야 한다면 끔찍한 일이 되겠지.
이 일을 알게 되면 그분은 노발대발하실 테니까.

**니케라토스** *(모스키온에게)*
모든 인간들 중에 가장 사악한 자 같으니라고! 이제야
이곳에서 무슨 불경스런 일이 일어났는지 어렴풋이 알 것 같구나!

**모스키온** *(오해하고)*
이제 나는 끝장이야.

**데메아스** 이제야 알겠소, 니케라토스 씨?

**니케라토스** 물론이오. *(비극적인 어조로)* 오오, 가장 끔찍한 일이여!
테레우스와 오이디푸스와 튀에스테스와 그 밖에 다른 자들이
저질렀다고 하는 근친상간[41]을, 자네가 무색하게 만들어버렸구먼.

**모스키온** 제가요?

**니케라토스** 자네가 어찌 감히 그런 뻔뻔스러운 짓을 할 수 있었단 말인가?
*(데메아스에게)* 당신은 이제 아뮌토르[42]의 노여움을 받아들여, 이자[43]를
눈멀게 해야 할 것이오.

**데메아스** *(모스키온에게)*
그가 이 모든 것을 알게 된 것은 네 책임이다.

**니케라토스** 자네는 무엇을 멀리하고, 어느 누구의 침상을 더럽히지 않을 것인가?
하거늘 그런 자네에게 내가 내 딸을 아내로 준단 말인가?

차라리—사람들 말마따나 네메시스 여신에게 절하며 가슴에
침을 뱉고[44]—내 딸을 디옴네스토스[45]에게 시집보내겠네.
그건 누구나 인정하는 재앙이 되겠지만 말이야.

**데메아스** 나는 모욕당했지만 참았소.

**니케라토스** 당신은 노예처럼 행동하셨군요. 데메아스 씨. 만약 그가
내 침상을 더럽힌다면 절대로 다른 사람은 모욕하지 못할 것이오.
그도 그와 동침한 여인도! 나는 누구보다도 먼저
그 첩(妾)을 내다팔 것이고, 동시에 내 아들도 내쫓을 것이오.
그러면 이발소도 주랑(柱廊)[46]도 빈자리가
나지 않을 것이오. 온 세상 사람들이 꼭두새벽부터
그곳에 앉아 나에 관해 잡담을 늘어놓겠지요. "니케라토스는
정당하게도 살인을 고소했으니 진정한 남자요"라고 지껄이며.

**모스키온** 살인이라니, 어떤 살인 말씀이죠?

**니케라토스** 남의 자리를 차지하려는 자가 행하는 짓은 모두 살인이라고, 나는 생각

41 테레우스(Tereus)는 트라케(Thraike)의 왕으로 처제 필로멜레(Philomele)를 겁탈했고, 테바이(Thebai) 왕 오이디푸스(Oidipous)는 그런 줄 모르고 어머니 이오카스테(Iokaste)와 결혼했으며, 튀에스테스(Thyestes)는 형수 아에로페(Aerope)와 간통하고 친딸 펠로피아(Pelopia)와 근친상간했다.

42 아뮌토르(Amyntor)는 아들 포이닉스(Phoinix)가 어머니의 사주를 받아 자기 첩(妾)과 동침하자 아들을 자기 손으로 눈멀게 했다.

43 모스키온.

44 당시 그리스에서는 부적절한 표현이 초래할 수 있는 나쁜 결과를 예방하기 위해, 응보(應報)의 여신인 네메시스(Nemesis)에게 큰절을 하고 자기 가슴에 침을 뱉는 관습이 있었다.

45 디옴네스토스(Diomnestos)에 관해서는 달리 알려진 것이 없으나, 도저히 사위로 삼을 수 없는 악명 높은 바람둥이였던 것으로 생각된다.

46 이발소와 주랑은 남자들이 모여 잡담하던 곳이다.

하네.

**모스키온** *(혼잣말로)*
정말이지, 나는 겁에 질려 입안이 마르고 몸이 얼어붙는 것 같구나.

**니케라토스** 설상가상으로, 그런 끔찍한 짓을 저지른 여인을 내 집에 받아들였소.

**데메아스** 니케라토스 씨, 제발 그녀를 내쫓으시오. 당신도 나와 함께
모욕당했다고 생각하시오. 당신이 진정한 친구라면 말이오.

**니케라토스** 그녀를 보면 나는 화가 나 폭발할 것이오. *(모스키온이 앞을 막으려 하자)*
자네가 감히 내 얼굴을 쳐다봐, 이 진짜 트라케[47]인이여? 비키지 못해?

*(니케라토스, 자기 집안으로 뛰어들어간다)*

**모스키온** 아버지, 제 말을 들어보세요, 제발!

**데메아스** 아무 말도 듣지 않겠다.

**모스키온** 아버지께서 의심하시는 일들이 하나도 일어나지 않았는데도요?
저는 이제야 어찌 된 일인지 알겠군요.

**데메아스** 아무 일도 일어나지 않았다니, 그게 무슨 뜻이지?

**모스키온** 크뤼시스는 지금 그녀가 양육하고 있는 아이의 어머니가 아녜요.
그녀는 내게 호의를 베풀려고, 자기 아이라고 말하고 있는 거예요.

**데메아스** 대체 무슨 말을 하고 있는 게냐?

**모스키온** 사실이에요.

**데메아스** 어째서 그녀가 너에게 호의를 베푼다는 거냐?

**모스키온** 말씀드리고 싶지는 않지만, 아버지께서 사실을 확실히 아시게 되면
저는 작은 잘못은 인정하되 더 큰 잘못은 면하게 되겠지요.

**데메아스** 말하거라. 궁금해 죽겠다!

**모스키온** 그 아이는 니케라토스 씨의 딸과 제 아이예요.
그것을 저는 비밀로 하려고 했어요.

**데메아스** 대체 무슨 말을 하고 있는 게야?

**모스키온** 사실대로 말씀드렸어요.

**데메아스** 나를 속이려 들면 안 되지.

**모스키온** 증거가 어디 있냐고요? 거짓말해서 제가 덕 볼 게 뭐죠?

**데메아스** 그야 물론 없지. 그런데 누가 문을 · · ·

*(니케라토스, 비틀거리며 자기 집에서 나온다)*

**니케라토스** *(관객을 향하여)*

아아, 가련한 내 신세! 나는 어떤 광경을 보았던가!
나는 미쳐서 문 밖으로 뛰쳐나오는 길이오. 뜻밖의 슬픔에 가슴이 찢긴 채.

**데메아스** *(모스키온에게)*

그가 대체 무슨 말을 하려는 걸까?

**니케라토스** *(여전히 관객을 향하여)*

딸이, 내 딸이 방금 집안에서 아이에게
젖을 물리고 있는 것을 보았단 말이오.

**데메아스** *(모스키온에게)*

그렇다면 네 말이 사실이로구나!

**모스키온** 들으셨나요? 아버지.

**데메아스** 너는 잘못한 게 없다, 모스키온! 오히려 내가 잘못했다,
네가 그런 짓을 했다고 의심했으니 말이다.

47 트라케(Thraike)는 그리스의 북쪽, 마케도니아의 동쪽에 있는 지방으로, 그리스인들은 그곳 주민들을 야만인으로 여겼다.

**니케라토스** *(그제야 데메아스를 보고)*

데메아스 씨, 내가 당신에게 가겠소.

**모스키온** 저는 빠질게요.

**데메아스** 겁낼 것 없다.

**모스키온** 저는 그를 보기만 해도 죽을 지경이에요.

*(모스키온, 왼쪽으로 달아난다)*

**데메아스** *(니케라토스에게)*

무슨 불상사가 일어났지요?

**니케라토스** 방금 나는 집안에서 내 딸이 아이에게

젖을 물리고 있는 것을 보았소.

**데메아스** 장난삼아 그래보았겠지요, 아마도.

**니케라토스** 장난이 아니었소. 내가 들어오는 것을 본 딸이

갑자기 졸도했으니까요.

**데메아스** 그렇게 상상했던 게지요, 아마도.

**니케라토스** 말끝마다 '아마도'라니, 날 약 올리자는 거로군요.

**데메아스** *(혼잣말로)*

이건 다 내 잘못이야.

**니케라토스** 뭐라 하셨소?

**데메아스** 당신이 한 말을 나는 믿을 수 없다고 생각하오.

**니케라토스** 내가 봤다니까요.

**데메아스** 허튼소리를 하시는군요.

**니케라토스** 이건 동화가 아니오. 하지만 돌아가서 · · ·

*(니케라토스, 자기 집으로 돌아간다)*

**데메아스** 그건 그렇고, 여보시오! 잠깐만—가버렸군.

모든 게 뒤죽박죽이야. 하지만 그것도 끝났어. 틀림없어.

그가 진상을 알면 분통을 터뜨리며, 고래고래 고함을 지르겠지.
그는 성질이 거칠고 복수심이 강하고 자의적인 사람이야.
그리고 나는 악당이야. 그런 의심은 하지 말았어야 하는 건데.
정말이지, 나는 죽어 마땅해.

*(이때 니케라토스의 집에서 고함 소리와 비명 소리가 들려온다)*

맙소사. 이게 무슨 고함소리야! 맞았어. 그는 큰 소리로
불을 찾고 있어. 아이를 태우겠다고 위협하며 말이야.
내 손자가 구워지는 꼴을 봐야 하다니! 다시 문 여는 소리가
나는구나. 저 사람은 회오리바람이요, 돌풍이라니까.

**니케라토스** *(자기 집에서 뛰어나오며)*
데메아스 씨, 크뤼시스가 내게 음모를 꾸미며 가장 끔직한 짓을 하고 있소.

**데메아스** 대체 무슨 말씀을 하시는 거요?

**니케라토스** 그녀가 내 아내와 딸에게 절대로 시인하지 말라고 설득했소.
그리고 그녀는 아이를 억지로 붙잡고는, 포기하지 않겠다고
말하고 있소. 그러니 내가 그녀를 죽이더라도 놀라지 마시오.

**데메아스** 그녀를 손수 죽이신다고요?

**니케라토스** 그녀가 내게 음모를 꾸몄기 때문이오.

**데메아스** 그러지 마시오, 니케라토스 씨!

**니케라토스** 내 당신에게 미리 말해두고 싶었소.

*(니케라토스, 자기 집안으로 뛰어들어간다)*

**데메아스** 저 사람 실성했군. 또 집안으로 뛰어들어갔구나.
이 위기를 어떻게 넘기지? 내가 알기로, 이런 아수라장은
난생처음이야. 역시 일어난 일을 솔직히 말해주는 게
상책이야. 맙소사. 또 문 여는 소리가 나는구나.

*(크뤼시스가 아이를 안고 니케라토스의 집에서 뛰어나온다)*

**크뤼시스** 아아, 가련한 내 신세! 어떡하지? 어디로 도망치지?
그가 내 아들을 붙잡으려 해요.

**데메아스** 크뤼시스, 이리 와요!

**크뤼시스** 누가 날 부르지?

**데메아스** 내 집으로 들어와요!

*(크뤼시스가 데메아스의 등 뒤에 숨자, 니케라토스가 자기 집에서 뛰어나온다)*

**니케라토스** *(크뤼시스에게)*
어디로 도망치는 거야? 어디로?

**데메아스** 보아하니, 오늘은 내가 결투를 하게 될 것 같구먼.
*(니케라토스를 막아서며)* 뭘 원하시오? 누굴 쫓고 있는 거요?

**니케라토스** 데메아스 씨, 비키시오! 내가 일단 아이를 손에 넣은 다음,
여자들한테서 자초지종을 듣게 해주시오!

**데메아스** *(꼼짝 않고 서서 니케라토스를 밀어내며)*
그렇게는 못하오.

**니케라토스** 나를 치겠다는 거요?

**데메아스** 그렇소. *(크뤼시스에게)* 어서 안으로 들어가요!

**니케라토스** 그렇다면 나도 당신을 칠 것이오.

**데메아스** 도망쳐요, 크뤼시스! 그는 나보다 더 강하오.
*(크뤼시스, 데메아스의 집안으로 뛰어들어간다)*

**니케라토스** 오늘은 당신이 먼저 나를 쳤소. 내가 증인을 부르겠소.

데메아스 당신도 자유민이 된 여인을 막대기를 들고 뒤쫓았소.

니케라토스 모함하지 마시오!

데메아스 당신도!

니케라토스 아이를 데려오시오!

데메아스 웃기시는군. 그 애는 내 아이요.

니케라토스 당신의 아이가 아니오.

데메아스 내 아이란 말이오.

니케라토스 *(큰 소리로)*

오오, 사람들이여![48]

데메아스 얼마든지 고함지르시오!

니케라토스 들어가서 내 아내를 죽여버리겠소. 그 밖에 내가 할 수 있는 게
또 뭐가 있겠소?

데메아스 그것도 나쁜 짓이오. 내가 내버려두지 않을 것이오.
어디로 가시오? 게 서시오!

니케라토스 내게 손대지 마시오!

데메아스 제발 참으시오!

니케라토스 데메아스 씨, 당신은 분명히 나를 해코지하고 있소.
당신은 이번 일을 다 알고 있었소.

데메아스 그렇다면 내게 물어보시오, 당신의 아내를 못살게 굴지 마시고!

니케라토스 당신이 날 속인 거죠?

데메아스 허튼소리! 그 애는 소녀와 결혼할 것이오. 그러나 사정은 당신이
생각하고 있는 것과는 다르오. 잠시 이곳을 함께 거닐도록 해요!

48 관객뿐만 아니라 세상 사람들 전부를 부르는 말로 생각된다.

**니케라토스** *(의아스러워하며)*
지금 나더러 한가하게 거닐자고요?

**데메아스** 그리고 정신 바짝 차리시오. 니케라토스 씨, 말해보시오.
제우스께서 황금으로 변하신 다음 지붕에서 흘러내려
방안에 갇혀 있던 소녀를 유혹했다는 이야기를
당신은 비극 배우들한테서 못 들어보셨나요?[49]

**니케라토스** 그래서 어쨌다는 거요?

**데메아스** 아마도 우리는 무엇이든 각오하고 있어야 할 거요.
가령 당신 집 지붕의 일부가 샌다면?

**니케라토스** 대부분의 지붕이 새지요. 그게 당신이 말한 것과 무슨 상관이오?

**데메아스** 제우스께서는 때로는 황금으로, 때로는 비로 변하시오.
알겠소? 그게 그분께서 하시는 일이오. 이미 해답은 나와 있소.

**니케라토스** 날 놀리시는군요.

**데메아스** 천만에. 그럴 리가 있소. 당신은 아크리시오스보다 조금도 못하지 않소.
제우스께서 다나에를 존중하셨다면 당신의 딸도 · · ·

**니케라토스** *(짜증을 내며)*
아아, 슬프도다! 모스키온이 날 속였구나.

**데메아스** 그 애는 그녀와 결혼할 것이오. 그건 걱정 마시오. 잘 알아두시오,
이번 일은 신들께서 행하신 것이오. 난 당신에게 우리 도시의 거리들을
거닐고 있는 수많은 신들의 아들들 이름을 댈 수 있소. 그런데도
당신은 이번 일이 괴이쩍다고 생각하시오? 우선 카이레폰[50]이 있지 않소.
그는 돈 한 푼 내지 않고 먹는데, 그 점에서 당신은 그가 신이라고
생각지 않소?

**니케라토스** 생각지 않기는요. 어떡하죠? 당신과 싸울 명분이 없어졌으니 말이오.

**데메아스** 이제야 현명해지셨군요, 니케라토스 씨! 안드로클레스[51]도 있소.

그는 그토록 장수하며 달리고 뛰고 돈도 많이 벌고,
검은 머리로 돌아다니고 있소. 그는 머리가 하얘져도 죽지 않을 것이오.
아니, 목을 벤다 해도 죽지 않을 것이오. 그런데도 그가 신이 아니란
말이오? 자, 이번 일이 잘되도록 기도하고 향을 피우시오!
내 아들이 지금이라도 신부를 데리러 갈 것이오.

**니케라토스** 이번 일은 받아들일 수밖에 없겠구려.

**데메아스** 이제야 현명해지셨군요.

**니케라토스** 그 녀석 잡히기만 해봐라 · · ·

**데메아스** 그만하시오. 흥분하지 말고. 가서 집안에서
준비나 하시오!

**니케라토스** 그렇게 하죠.

**데메아스** 나도 내 집에서 그렇게 할 것이오.

**니케라토스** 그렇게 하시오.

**데메아스** *(떠나는 니케라토스에게)* 당신은 멋쟁이요.

49 아르고스(Argos) 왕 아크리시오스(Akrisios)는 자기가 외손자 손에 죽게 될 것이라는 예언을 듣자 딸 다나에를 청동 탑에 가둔다. 그러나 제우스가 황금 비[雨]로 변해 그녀에게 접근하자 그녀는 영웅 페르세우스를 낳게 된다. 페르세우스는 훗날 아테나 여신에게서는 청동 거울을 빌리고, 헤르메스 신에게서는 날개 달린 샌들을 빌려 신고 대지의 끝으로 날아가, 그 모습이 하도 무서워 보는 이를 돌로 변하게 한다는 괴물 메두사의 머리를 베어온다. 이 이야기를 소재로 하여 소포클레스와 에우리피데스가 비극을 썼지만, 현재는 단편만 남아 있다. 『심술쟁이』 주 11 참조.

50 카이레폰(Chairephon)은 아테나이의 악명 높은 식객(食客)으로, 10년 이상을 남의 비용으로 외식했다고 한다.

51 안드로클레스(Androkles)에 관해서는 달리 알려진 것이 없으나, 그도 식객이었던 것으로 보인다. 여기서 '달리고 뛴다'는 말은 그가 운동을 한다는 뜻이 아니라, 그의 걸음걸이를 묘사한 것으로 생각된다.

*(니케라토스, 자기 집안으로 들어간다)*

모든 신들에게 감사드리나이다. 내가 의심했던 일들이 모두 사실이 아님이 드러났으니까요.

코로스의 네 번째 간주곡이 나온다.

# 제5막

*(모스키온, 왼쪽에서 등장)*

**모스키온** *(관객을 향해)*

아까 누명을 벗었을 때는
나는 기뻤고, 또 나 자신이
운이 아주 좋다고 생각했어요.
그러나 이제 마음을 가다듬고
곰곰이 생각해보니 분통이 터져,
완전히 미칠 것만 같아요. 내가 그런 잘못을
저질렀다고 아버지께서 생각하시다니!
소녀와의 문제만 없었더라면, 그리고 그토록 많은
장애물만 없었더라면 — 맹세라든가 연정이라든가
그녀와의 오랜 관계라든가 — 그런 것들에 내가
얽매이지 않았더라면, 그분께서 내게 그런 누명을
씌우지 못하셨겠지요. 내 면전에서 말예요.

오히려 나는 그분을 피해 이 도시를 뒤로하고 박트리아[52] 같은 곳이나
카리아[53]로 떠났겠지요. 그곳에서 용병 생활을 하기 위해서.
하지만 지금 나는 용감한 행동은 일절 하지 않을래요.
사랑하는 플랑곤, 이게 다 당신 때문이오! 암, 그렇게 할 수 없고말고요.
내 마음의 주인이신 에로스[54]가 허용치 않으실 테니까요.
하지만 그렇다고 해서 내가 받은 모욕을 고분고분
비열하게 묵과해서는 안 되지요. 다른 방법이 없으면
말로라도 나는 그분을 겁주고 싶어요. 이곳을 떠나겠다고
으름장을 놓을래요. 그러면 그분께서 조심하시고
앞으로는 나를 함부로 대하지 못하시겠지요.
내가 그런 모욕을 심각하게 받아들이는 것을 보시면.
내가 가장 보고 싶었던 사람이
때맞춰 저기 오고 있구나.

*(파르메논이 오른쪽에서 등장한다. 그러나 처음에는 모스키온을 보지 못한다)*

**파르메논** 가장 위대하신 제우스에 맹세코, 나는 어리석고도
가소로운 짓을 저지르고 말았어요. 아무것도
잘못한 것이 없는데도, 겁에 질려 나리 곁을 떠났으니 말예요.
그게 정당화될 수 있도록 내가 대체 무슨 짓을 했지?
하나하나 확실히 따지고 넘어가도록 해요. 이렇게 말예요.
도련님은 자유민인 소녀를 유혹했어요.
아마도 그것은 파르메논의 책임이 아니겠지요.
그녀는 임신했어요. 그것은 파르메논의 책임이 아녜요.
아이가 우리 집으로 왔어요.

그가[55] 데려왔지 내가 데려온 것이 아녜요.
우리 식구 중 누군가,[56] 그 아이의 어머니는 자기라고 주장했소.
그것은 파르메논의 잘못이 아녜요. 전혀.
그런데 왜 너는 그렇게 도망쳤지, 이 멍청하고
비겁한 친구야? 웃기지 마세요. 그분께서 내 몸에
문신을 새기겠다고 위협하셨단 말예요.[57] 이젠 알았나요?
처벌이 정당하냐 정당하지 못하냐는 조금도 차이가 없소.
어느 경우에도 그건 좋은 것이 아니니까요.

**모스키온** *(앞으로 나서며)*

이봐!

**파르메논** *(모스키온 쪽으로 돌아서며)*

안녕하세요, 도련님!

**모스키온** 그따위 허튼소리 그만두고 집으로 들어가. 어서!

**파르메논** 뭐하게요?

**모스키온** 내 외투와 장검(長劍)을 내오도록 해!

**파르메논** 도련님의 장검을요?

52 박트리아(Baktria)는 지금의 북(北)아프가니스탄 지방이다. 이곳은 기원전 320년부터 그리스화하기 시작했으며, 이러한 계획을 지원하고 원주민을 통제하기 위해 그리스의 용병대가 필요했다.

53 카리아(Karia)는 소아시아의 남서지방으로, 그곳에서도 당시 페르시아(Persia)의 침략을 막기 위해 용병대가 필요했다.

54 에로스(Eros)는 사랑의 신이다.

55 모스키온.

56 크뤼시스.

57 323행 참조.

**모스키온** 어서 빨리!

**파르메논** 뭐하시게요?

**모스키온** 가서 내가 시키는 대로 하고, 남에게는 말하지 마!

**파르메논** 대체 무슨 일이지요?

**모스키온** 내가 채찍을 들게 되면 · · ·

**파르메논** *(천천히 데메아스의 집 대문 쪽으로 움직이며)*

그러지 마세요. 가고 있잖아요.

**모스키온** *(파르메논에게 위협적으로 다가가며)* 뭘 꾸물대?

*(파르메논, 데메아스의 집안으로 들어간다)*

이제 아버지께서 나오실 테지. 틀림없이 나더러 이곳에 머물러달라고 간청하시겠지. 간청도 소용없어. 한동안은. 그게 중요해. 그러다가 됐다 싶으면 못 이기는 척하는 거지. 한 가지 필요한 것은 그럴듯하게 행동하는 건데, 나는 그런 일에는 젬병이란 말이야. 바로 그거야.

*(데메아스의 집 대문 열리는 소리가 들린다)*

문 여는 소리가 들리는구나. 그가 나오고 있는 거야.

**파르메논** *(데메아스의 집에서 나오며)*

도련님은 여기서 일어나고 있는 일에 관한 한 완전히 시대에 뒤떨어진 것 같군요. 정확히 알지도 듣지도 못한 채 괜히 흥분해서 절망 속으로 뛰어드시니 말예요.

**모스키온** 안 가져왔어?

**파르메논** 도련님의 결혼식이 진행되고 있어요. 포도주는 희석되고, 향은 타오르고 의식은 시작되고, 고기에는 헤파이스토스[58]의 불길이 옮겨 붙었어요.

**모스키온** 이봐, 안 가져왔어?

**파르메논** 그들은 아까부터 도련님을 기다리고 있어요. 왜 당장 신부를 데려오시지 않지요? 도련님은 행운아예요. 고생은 다 지나갔어요. 힘내세요! *(모스키온이 다가가자 놀라서)* 뭘 원하시죠?

모스키온 *(파르메논의 따귀를 때리며)*

지금 나에게 설교하는 거야? 말해봐. 이 고약한 녀석 같으니라고!

파르메논 모스키온 도련님, 이게 무슨 짓이에요?

모스키온 당장 안에 들어가 내가 말한 것들을 내오지 못할까?

파르메논 나는 얻어맞아 벙어리가 돼버렸단 말예요.

모스키온 아직도 말대꾸냐?

파르메논 가고 있잖아요. 난 좋은 소식을 전한 줄 알았는데.

모스키온 계속 꾸물댈 거야?

파르메논 진짜로 결혼식이 거행되고 있다니까요.

모스키온 또 그 소리! 다른 소식 좀 전해달란 말이야!

*(파르메논, 집안으로 들어간다)*

이제 그분이 나오실 거야. 그러나 여러분,[59] 만일 그분께서 나더러 이곳에 머물러달라고 간청하지 않고, 화가 나서 내가 떠나게 내버려두신다면? 그건 내가 잠시 전에 계산하지 못했던 일이에요. 그럼 어떡하지요? 설마 그렇게 하시지는 않겠지요. 하지만 그렇게 하신다면? 무엇이든 가능하니까요. 계획을 철회한다면 나는 틀림없이 바보가 되겠지요.

파르메논 *(외투와 장검을 들고 집에서 등장하며)*

자, 여기 외투와 장검 있어요. 받으세요.

모스키온 이리 줘! 안에 있는 사람들 중에 아무도 너를 보지 못했겠지?

58 헤파이스토스(Hephaistos)는 제우스와 헤라(Hera)의, 또는 헤라가 혼자서 잉태하여 낳은 아들로 불과 불을 사용하는 공예의 신이다.

59 관객.

**파르메논** 네. 아무도.

**모스키온** *(실망하며)*

한 사람도?

**파르메논** 그렇다고 말씀드렸잖아요.

**모스키온** 무슨 말을 하는 거야? 뒈져버려!

**파르메논** 원하시는 곳으로 떠나세요, 군말 말고!

**데메아스** *(자기 집에서 등장하며)*

그 애가 어디 있지? 말해봐! 맙소사. 이게 뭐지?

**파르메논** 어서 떠나시라니까요!

**데메아스** 이게 대체 뭘 위한 복장이지? 뭐가 잘못됐지?
지금 여행을 떠나려는 거냐? 말해봐!

**파르메논** 보시다시피, 도련님은 벌써 가고 있어요. 여행 중이란 말예요.
저도 지금 안에 있는 이들에게 작별인사를 해야겠어요.[60] 저 가요.

*(파르메논, 데메아스의 집안으로 퇴장)*

**데메아스** 모스키온, 네가 화를 내더라도 난 널 사랑한다.
그리고 네가 부당하게 상처받았다면 그건 내 책임이야.
하지만 너는 네 분노로 누가 상처받을 것인지도 생각해봐야지.
나는 네 아비야. 아직 어릴 때 나는 너를 입양하여
양육했어. 네 인생이 즐거운 것이었다면,
그것은 내가 준 것이야. 그러니 내 행동이 괴롭더라도
너는 그것을 견디고, 내 잘못을 참아야 해.
네가 내 아들이라면. 나는 너에게 누명을 씌웠어.
나는 잘못 알고 실수를 했고 제정신이 아니었어.
하지만 이 점도 생각해봐. 나는 다른 사람들[61]에게 잘못하면서까지
네 이익을 챙겼고, 의심스런 일이 생기면 그것을 나 혼자 간직하고

내 적들이 기뻐하도록 공개하지 않았어. 그런데 지금
너는 내 과오를 공개하려 하는구나, 내 어리석음을
증언해줄 증인들을 부르며. 그건 공정하지 못해, 모스키온.
내가 미끄러져 넘어진 내 인생의 하루만을 기억하지 말고
그전의 다른 날들도 간과하지 말아다오. 할 말은 많지만
그만하겠어. 그리고 잘 알아두어라, 아버지에게
마지못해 복종하는 것은 좋지 않아. 기꺼이 복종해야지!

*(니케라토스, 어깨 너머로 말하며 자기 집에서 등장)*

**니케라토스** 잔소리 좀 작작해요. 다 됐어요. 목욕도, 의식도, 결혼식도.[62]
그래서 녀석이 오기만 하면 신부를 데려갈 수 있다오.
아니, 이건 또 뭐야?

**데메아스** 나도 모르겠소. 정말이오.

**니케라토스** 모를 리가 있소? 외투구먼. 이 친구가 떠날 작정인 게로구나.

**데메아스** 그의 말인즉 그렇소.

**니케라토스** 그의 말이라고요? 그렇다면 막아야죠. 그는 자신이 유혹자임을
시인했고 현장에서 붙잡혔는데. 젊은이, 내가 자네를 묶겠네. 지금 당장.

**모스키온** *(칼을 빼어 들고)*

60 파르메논은 노예인 만큼 모스키온이 어떤 결정을 내리든 시중을 들어야 하므로, 자기도 전쟁터로 동행하겠다는 뜻이다.

61 여기서 '다른 사람들'이란 크뤼시스와 아이를 말한다.

62 여기서 니케라토스는 신부가 목욕하고 제물이 바쳐진 것으로, 이미 결혼식이 끝난 것으로 생각하고 있는 것 같다.

묶어보시오 어디!

**니케라토스** 농담은 그만두고 칼을 칼집에 넣도록 하게, 어서!

**데메아스** 제발 칼집에 넣도록 해, 모스키온! 그를 괴롭히지 마!

**모스키온** *(칼을 칼집에 넣으며)*

자, 손에서 놓겠어요. 두 분의 간청이 성공했어요.

**니케라토스** 우리가 간청했다고? 이리 오게나!

**모스키온** 나를 묶으시려는 것이겠죠, 아마?

**데메아스** 그러지 말고 신부를 이리로 데리고 나오시오!

**니케라토스** 그게 좋을까요?

**데메아스** 그야 물론이지요.

*(니케라토스, 자기 집으로 들어간다)*

**모스키온** 아버지, 진작 이렇게 하셨더라면 잠시 전에
번거롭게 설교하실 필요가 없었을 거예요.

**니케라토스** *(딸을 데리고 돌아오며)*

*(딸에게)* 자, 네가 앞장서거라. *(모스키온에게)* 증인들이 보는 앞에서
나는 이 애를 자네에게 아내로 주겠네, 적손(嫡孫)을 볼 수 있도록.[63]
그리고 지참금으로 나는 내 전 재산을 주겠네. 내가 죽으면.[64]
하지만 그런 일이 일어나지 않고 내가 영원토록 살았으면 좋겠네!

**모스키온** *(플랑곤의 손을 잡으며)*

나는 그녀를 취하여 지키고 아낄 것이오.

**데메아스** 남은 일은 성수(聖水)를 가져오는 것이오.
크뤼시스, 여인들과 물을 길어올 젊은이와 피리 연주자를 보내시오.
누가 횃불과 화관들을 이리 내오도록 하라.

우리가 행렬을 지어 호송할 수 있도록!

**모스키온** 저기 가져오고 있어요.

**데메아스** *(모스키온에게)*

머리에 화관을 쓰고, 치장하도록 해라!

**모스키온** 그렇게 하지요.

**데메아스** *(관객에게)*

잘생긴 소년들이여, 젊은이들이여, 노인들이여, 여러분은
다 함께 호의의 표시로 박코스[65] 신에게 힘찬 박수를 보내시오.
가장 고상한 경연에 참석하시는 불멸의 니케[66] 여신께서는
우리 배우들과 합창가무단을 언제까지나 호의로써 찾아주시기를!

*(모두들 행렬을 지어 오른쪽으로 퇴장한다)*

63 이것은 결혼식 때 쓰는 상투 문구이다. 『심술쟁이』 842행과 『삭발당한 여인』 1013~1014행 참조.

64 당시 아테나이의 법률에 따르면, 겁탈한 남자는 자기가 겁탈한 소녀와 결혼할 경우 신부의 지참금을 기대할 수 없었다고 한다. 그래서 지참금을 줄 수 없을 만큼 가난한 니케라토스는 이렇게 우스갯소리로 곤란한 처지에서 벗어나려고 하는 것 같다.

65 박코스는 주신 디오뉘소스의 별명이며, 고대 그리스의 드라마 경연은 디오뉘소스 축제 때 개최되었다.

66 여기서 승리의 여신 니케는 모든 경연에 다 참석할 수는 없어도 드라마 경연과 같은 가장 고상한 경연에는 반드시 참석하여, 사실상 그 등수(等數)를 결정하는 것으로 그려지고 있다. 승리의 여신 니케에 관해서는 『심술쟁이』 주 47 참조.

Perikeiromene

# 삭발당한 여인

가난한 상인 파타이코스가 아들딸 쌍둥이를 낳았으나, 갑자기 가정 형편이 어려워져서 둘 다 내다버린다. 아들 모스키온은 돈 많은 여자에게 입양되는데, 이 여자는 훗날 파타이코스와 결혼한다. 그래서 파타이코스는 모스키온이 제 친아들인 줄 모르고 양자로 받아들인다.

딸 글뤼케라는 폴레몬이라는 군인의 동거녀가 된다. 그녀는 내막을 알고 있지만, 글뤼케라가 자기 쌍둥이 누이라는 사실을 모르는 모스키온은 그녀에게 연정을 느끼고 그녀의 입에 키스하다가 사람들에게 발각된다. 그래서 샘이 난 폴레몬이 그녀의 머리털을 깎자, 그녀는 지금은 부자가 된 파타이코스의 집으로 피신한다.

함께 버려졌던 패물들에 의해 그녀의 신원이 밝혀지고, 모스키온도 엿듣고 자기가 누구라는 사실을 알게 된다. 그리하여 모두가 화해하는 가운데, 글뤼케라가 폴레몬과 결혼한다.

메난드로스의 이 희극은 파피루스에 의해 절반 정도가 복원되었다.

**등장인물**

**오해**(誤解 Agnoia) 여신

**폴레몬**(Polemon) 직업군인

**소시아스**(Sosias) 폴레몬의 하인

**글뤼케라**(Glykera) 폴레몬의 동거녀

**도리스**(Doris) 폴레몬의 노예. 글뤼케라의 하녀

**모스키온**(Moschion) 글뤼케라의 쌍둥이 오라비

**다오스**(Daos) 모스키온의 하인

**파타이코스**(Pataikos) 코린토스 출신 노인. 글뤼케라와 모스키온의 아버지

**하브로토논**(Habrotonon) 하프 연주자

그 밖에 폴레몬의 노예 힐라리온(Hilarion), 모스키온의 양모(養母) 뮈르리네(Myrrhine), 뮈르리네의 남편이었던 듯한 필리노스(Philinos)가 등장하는 것으로 추정된다. 그러나 이들은 이 드라마의 현재 남아 있는 부분에는 등장하지 않는다.

**장소**

코린토스*의 한 거리. 집 두 채가 보인다. 하나는 폴레몬의 집이고, 다른 하나는 뮈르리네의 집이다. 파타이코스도 가까이 살고 있지만, 현재 남아 있는 줄거리에서는 그의 집이 무대 위에 없어도 드라마 진행에 지장이 없다.

* 코린토스(Korinthos)는 그리스 중부지방과 펠로폰네소스(Peloponnesos) 반도를 이어주는 지협(地峽)에 자리 잡고 있는 도시로, 고대 그리스의 가장 중요한 도시 중 하나이다.

# 제1막

(이 드라마의 첫머리는 없어졌다. 이 드라마에서는 어떤 신이 등장하여, 관객들에게 필요한 정보를 제공해준다. 이 드라마에서 등장인물들은 사건의 내막을 모르지만 관객들은 알고 있어야 하기 때문이다. 여기서 메난드로스가 선택한 것은 오해의 여신이다. 여신의 프롤로고스는 현재 대부분 남아 있다. 없어진 첫머리에서는 파타이코스의 아내가 출산 중에 죽고, 그녀가 낳은 쌍둥이 남매는 버려졌으나 한 노파에게 발견되었다는 설명이 있었던 것으로 추정된다. 그리고 여신의 프롤로고스는 드라마와 함께 시작되지 않고 조금 있다가 시작되는, 이른바 '한발 늦은 프롤로고스'임이 확실하다. 프롤로고스 앞에 있던 부분에서는 글뤼케라와 모스키온이 만나는 장면을 목격한 소시아스가 이를 폴레몬에게 보고하자, 폴레몬이 화가 나서 글뤼케라의 머리털을 자른 것으로 추정된다)

**오해** · · · · · · ·

· · · 그녀는 딸은 기르고, 다른 아이는

*(뮈르리네의 집을 가리키며)* 이 집에 사는 부유한 여인에게

주기로 결정했지. 그 여인이 아들을 원했으니까.
그래서 그렇게 된 거야. 몇 년 뒤에
전쟁과 코린토스의 재앙[1]이 더 악화되자
노파는 몹시 살림에 쪼들렸지.
방금 여러분도 보았듯이, 소녀는 이제 다 자랐어.
그래서 코린토스 출신의 어떤 열정적인
젊은이가 소녀를 사랑하게 되자,
노파는 소녀를 자기 딸로서 그에게 주었지.
노파는 기력이 쇠하여
인생의 종말이 가까이 왔음을 알게 되자
소녀에게 일어난 일을 숨기지 않고,
자기가 소녀를 주웠다고 밝히며
소녀가 싸여 있던 포대기를 주었지.
노파는 또한 소녀의 알려지지 않은 친오라비에 관해서도
말해주었는데, 이는 노파가 인간들에게 불상사가
일어날 수 있음을 알고는, 언젠가 소녀에게 도움이 필요할 경우
그를 소녀의 하나밖에 없는 가족으로 보았기 때문이지.
노파는 또한 오해로 인하여 남매가 본의 아니게
금지된 관계를 맺는 것을 막고 싶었던 게지.

1 코린토스는 기원전 315년 마케도니아 장군 안티파트로스(Antipatros)의 아들 캇산드로스(Kassandros 기원전 358년경~297년)의 침공을 받아, 기원전 308년 프톨레마이오스(Ptolemaios)에 의해 해방될 때까지 전란에 시달린 적이 있다. 그 뒤 기원전 304년에 또다시 캇산드로스에게 함락되었다가, 기원전 303년 데메트리오스 폴리오르케테스(Demetrios Poliorketes)에 의해 해방되기도 했다.

노파가 보기에 소년은 부유하고
언제나 술을 마시며, 소녀는 예쁘고 젊은데
소녀를 맡긴 사내는 전혀 미덥지가 않았으니까.
노파가 죽자 그가, 그 군인이 얼마 전에
*(폴레몬의 집을 가리키며)* 여기 이 집을 샀지.
소녀는 오라비와 바로 이웃에 살면서도
자기가 아는 비밀을 한마디도 입 밖에 내지 않았어.
그건 소녀가, 찬란해 보이는 그의 앞날을 망칠 것이 아니라
그가 행운의 선물을 즐기기를 바랐기 때문이지.
그런데 그는 우연히 그녀를 보고는,
아까도 말했듯이[2] 성미가 급한 편인지라,
늘 집 주위를 어슬렁거리고 있어.
엊저녁에 그녀가 하녀를 심부름 보내자
그는 문간에서 그녀를 보고는 곧장 달려가
껴안고 입 맞추었지. 그러나 그녀는 그가 오라비임을
알고 있던 터라 도망치려고 하지 않았어.
그런데 누군가 다른 사람[3]이 오다가 그것을 보았어.
그 결과는 그 자신이 여러분에게 이미 말해주었어,
어떻게 그가 떠나가며 편할 때 그녀를 만나보고 싶다고 말했고,
그녀는 서서 눈물을 흘리며 자기는 그렇게 멋대로
행동할 수 없다고 탄식했는지 말이야. 이 모든 일은
다가올 미래사를 위해 점화된 것이지. 그를 격분케 하려고.
그는 본성이 그런 사람이 아니지만
내가 그를 자극했느니라. 드러날 것이 다 드러나고
그들이 드디어 가족을 찾게 하려고.

이를 역겹고 수치스럽다고 생각하는 자가 있다면[4]
생각을 바꾸도록 하라.
신이 개입하면, 악도 그 자리에서 선으로
바뀌는 법이니라. 잘 있으라. 관객들이여.
우리[5]에게 호의를 품고 다가올 일들에 주의를 기울일지어다!

*(오해가 왼쪽으로 퇴장하자, 소시아스가 오른쪽에서 등장한다)*

**소시아스** 조금 전만 해도 거드름을 피우던 우리 전사(戰士) 나리는
여인들이 머리털을 기르는 것도 허용치 않더니,
지금은 의자 위에 쓰러져 울고 있어요.
그분이 이 일을 쉬이 견뎌내도록 친구들이
주위에 모여 있었고, 방금 내가 떠나올 때
그들을 위해 점심식사가 준비되어 있었어요. 그분은 이곳에서
무슨 일이 일어나고 있는지 몹시 궁금하여 외투를 가져오라며
일부러 나를 내보냈어요. 외투가 전혀 필요 없는데도 말예요.
그분은 내가 돌아다니기를 바라시나봐요.

*(도리스가 어깨 너머로 말하며 폴레몬의 집에서 등장한다. 그녀는 소시아스를 보지 못한다)*

2 142행을 가리키는 것이라면 정확히 일치한다고는 할 수 없다.
3 소시아스.
4 당시 아테나이의 관객은 극중의 '받아들일 수 없는' 사건이나 생각에 대해 큰 소리로 거칠게 항의하여, 공연이 중단되는 경우도 있었다고 한다.
5 배우들.

**도리스** *(뮈르리네의 집 쪽으로 걸어가며)* 제가 가서 보고 올게요, 마님!

**소시아스** *(혼잣말로)*

도리스로구나! 많이도 컸구나, 튼튼하고 예뻐지기도 하고!
이 여인들은 뭔가 멋있게 살고 있어. 난 다 알아.
자, 이제 가봐야지. *(소시아스, 폴레몬의 집안으로 들어간다)*

**도리스** 문을 두드려야지. 그들은 아무도 밖에 나가지 않았으니까.
군인을 남편으로 둔 여자는 누구나 불쌍해. 그들은 모두
무뢰하고 조금도 믿을 수 없어. 마님께서 지금 얼마나
고통받고 있는지 몰라. 아무 잘못도 없이. *(다시 문을 두드리며)*
안에 아무도 없나요? 지금 마님께서 울고 계시단 말을 들으면 그분은
기뻐하겠지.
그것은 그분이 원하는 바니까. *(문이 열리자)* 이봐요, 말해봐요.

(여기서 70행 정도가 없어졌다. 이 부분에서 글뤼케라가 폴레몬의 집에서 뮈르리네의 집으로 피신한 것으로 생각된다. 제1막은 다오스의 대사로 끝난다)

**다오스** 거기 아무도 없나요? 한 무리의 술 취한 젊은이들이
저기 오고 있어요. 그 소녀를 우리 집으로 데리고 들어가시다니
나는 마님을 높이 칭찬하고 싶어요.
그게 진짜 어머니니까요. 나는 도련님을 찾아야 해요.
내가 보기에, 지금이야말로 도련님이 서둘러
이곳에 나타나실 때가 된 것 같으니 말예요.

코로스의 첫 번째 간주곡이 나온다.

# 제2막

*(모스키온과 다오스, 오른쪽에서 등장)*

**모스키온** 이봐, 다오스. 지금까지 너는 가끔 사실이 아닌 이야기를 내게
들려주곤 했지. 신들께서도 미워하실 이 거짓말쟁이야!
네가 만약 이번에도 나를 속이려 들면 · · ·

**다오스** 당장 매질을 하세요. 제가 만약 속인다면 말예요.

**모스키온** 그것으로는 모자란다!

**다오스** 그러면 저를 적군 취급하세요. 하지만 그게 사실이어서
도련님께서 여기 이 집안에서 그녀[6]를 발견하시게 된다면,
그리고 제가 도련님을 위해 그 모든 것을 주선했다면, 모스키온 도련님,
그리고 제가 수많은 논거를 내세우며 그녀를 이리 오도록 설득하고,
도련님의 어머니께서 그녀를 받아들이시고 도련님의 요구를 다

6 글뤼케라.

들어주시도록 설득했다면, 저는 어떻게 되는 거죠?

**모스키온** 다오스, 어떤 생활이 가장 네 마음에 들더냐?
잘 생각해보고 나서 말해주거라!

**다오스** 방앗간 주인이 되는 게 가장 좋을까요?

**모스키온** *(혼잣말로)*
그러잖아도 이 녀석은 방앗간으로 보내질 거야.[7]

**다오스** 손으로 하는 일은 말도 마세요!

**모스키온** 나는 네가 헬라스[8] 업무의 감독관이나
육군 사령관이 되었으면 좋겠는데.

**다오스** 뭘 훔치다가 붙잡히면 그들은 당장 내 목을 벨 텐데요.[9]

**모스키온** 넌 도급(都給)을 맡게 되어
엄청난 이익을 챙길 수 있을 텐데.

**다오스** 모스키온 도련님, 저는 잡화점을 갖거나
아니면 장터에서 노점을 벌여 치즈를 팔고 싶어요.[10]
저는 정말이지 백만장자가 되고 싶지는 않아요.
치즈 장사가 제 적성에도 맞고 더 마음에 들어요.

**모스키온** 그건 나쁜 생활 방식이다. 왜 그런 속담도 있잖아.
"나는 꿀 파는 노파가 늙어서 정직해지리라고는 믿지 않아."[11]

**다오스** 배부른 게 마음에 들어요. 그리고 방금 말씀드린 봉사의 대가로,
저는 그런 대접을 받을 만하다고 생각해요.

**모스키온** 그야 물론이지. 너는 장사치가 되어 뼈 빠지게 일하도록 해!

**다오스** 사람들 말마따나, 그게 제 기도가 되게 해주세요.
도련님, 이리 오셔서 문을 여세요!

**모스키온** 그래야겠지. 지금 내가 할 일은 그녀에게 그럴싸한 말을 하고,
투구에 깃털을 꽂고 다니는 그 빌어먹을 대대장[12]을 조롱하는 거니까.

다오스 그야 물론이죠.

모스키온 다오스, 네가 먼저 들어가서 나를 위해 사태를 정탐하도록 해.
그녀는 뭘 하고 있고, 어머니는 어디 계시며,
그들이 나를 어떻게 맞을 것 같은지 말이야. 그런 일을
자세히 말할 필요는 없겠지, 너는 영리한 놈이니까.

다오스 가지요.

*(다오스, 뮈르리네의 집안으로 퇴장)*

모스키온 다오스, 난 문 밖에서 어슬렁거리며 기다리고 있을게.
*(혼잣말로)* 엊저녁에 내가 그녀에게 다가갔을 때 그녀는 암시를 주었어.
내가 달려가자 그녀는 도망치지 않고 나를 꼭 붙들고
포옹했으니 말이야. 나는 보기에 싫지 않은
아마도 괜찮은 파트너인가봐. 그리고 이런 말을 해도
벌 받지 않는다면, 여자들은 누구나 나한테 반하나 봐.

다오스 *(뮈르리네의 집에서 등장하며)*
모스키온 도련님, 그녀는 목욕하고 앉아 있어요.

모스키온 귀여운 것!

7 당시 비행을 저지른 노예들은 흔히 방앗간에 보내졌다고 한다.

8 헬라스(Hellas)는 그리스인들이 그리스를 가리키거나 부를 때 쓰는 이름이다.

9 이 행은 폴뤼페르콘(Polyperchon)의 아들 알렉산드로스(Alexandros)가 캇산드로스에 의해 '펠로폰네소스의 장군'으로 임명된 직후인 기원전 314/313년, 주권 회복을 노리던 시퀴온(Sikyon)인들에게 암살당한 사건을 암시하는 것으로 보는 이들도 있다.

10 당시 해방된 노예들은 흔히 소매상이 되었지만, 해방되지 않은 노예들도 수입의 일부를 바치는 조건으로 따로 나와서 생업에 종사할 수 있었다. 『중재 판정』 380행 참조.

11 이 부분은 텍스트가 확실치 않지만 '장사꾼은 결코 정직해질 수 없다'는 뜻으로 읽었다.

12 chiliarchos는 1,000명을 거느리는 장교라는 뜻으로, 여기서는 폴레몬을 가리킨다.

**다오스** 그리고 도련님 어머니께서는 이런저런 일로 분주히 돌아다니세요.
점심식사는 준비되어 있고, 그들의 행동으로 미루어
그들은 도련님을 기다리는 것 같아요.

**모스키온** 아까부터 기다리고 있다고? 하긴 난 매력적이니까.
그들에게 내가 와 있다고 말은 했느냐?

**다오스** 아니요.

**모스키온** 그럼 어서 가서 말해!

**다오스** 보시다시피 지금 돌아서고 있잖아요.

*(다오스, 다시 뮈르리네의 집으로 들어간다)*

**모스키온** *(혼잣말로)*
우리가 들어가면 그녀는 틀림없이 수줍어하며 베일로
얼굴을 가리겠지. 여자들은 다 그런 거야. 하지만 난
들어가자마자 어머니께 입 맞추고 완전히 내 편으로 만들되,
듣기 좋은 말을 하고 오직 어머니를 위해 살려고 노력할 거야.
어머니께서는 실제로 이번 일에 적절한 도움을 주셨으니까.
저기 문 열리는 소리가 나며 누가 나오는구나.

*(다오스, 뮈르리네의 집에서 다시 나온다)*

이봐, 무슨 일이야? 왜 그리 망설이며 걸어오는 거냐, 다오스?

**다오스** 아닌 게 아니라 망설여지네요. 참 이상하네. 제가 들어가서
도련님께서 와 계신다고 말씀드리니 마님께서 말씀하셨어요.
"설마! 그 애가 어떻게 알아냈지? 그녀가 겁이 나서 우리 집으로
피신한 걸, 네가 그 애에게 수다를 떨었구나? 그렇지. 이 고약한 녀석!"
그러고는 또 말씀하셨어요. "어서 나가라, 이 녀석아. 훼방 놓지 말고!"
우리는 다 잡은 고기를 놓친 거예요. 도련님께서
여기 와 계시다는 말을 듣고, 그녀는 별로 좋아하지도 않았어요.

**모스키온** 이 매 맞을 녀석아, 네가 일을 망쳐놓은 게로구나!

**다오스** 정말 웃기는 일이에요. 하지만 제가 아니라 마님께서 · · ·

**모스키온** 무슨 말을 하는 거야? 너는 그녀가 제 발로 왔다고 했잖아?
그리고 그녀는 나 때문에 왔고, 네가 그녀를 오도록 설득했다며?

**다오스** 그녀가 오도록 설득했다고, 제가 말했다고요? 말한 적 없는데요.
저는 도련님께 절대로 거짓말하고 싶지 않아요.

**모스키온** 그렇다면 너는 방금 나를 위해 그녀를 받아들이도록 어머니를
설득했으며, 그게 다 나를 위해서라고 말하지 않았단 말이냐?

**다오스** 거봐요. 제가 그렇게 말씀드렸죠. 이제 생각이 나는군요.

**모스키온** 또한 네가 보기에 그녀가 그렇게 한 것은, 날 위해서인 것 같다며.

**다오스** 그런 말은 제가 할 수 없고요. 저는 그저 설득하려고 했지요.

**모스키온** *(엄하게)*
좋아. 그럼 이리 와봐!

**다오스** 어디로 말예요? 그리 멀지도 않은 것 같은데.

**모스키온** 와보면 알아.

**다오스** 저 거시기, 모스키온 도련님. 제가 그때 · · ·
*(모스키온이 위협적으로 다가가자)* 잠깐만 기다려주세요!

**모스키온** 네가 날 놀리는 거냐!

**다오스** 맹세코, 그렇지 않아요. 제 말 들어보시면 알아요. 아마도 그녀는
아시다시피 이번 일이 아무렇게나 급진전되는 걸 원치 않나봐요.
그녀는 자기가 여기 와 있다는 것을 도련님께서 알기 전에 먼저 도련님의
이야기를 듣고 싶은가봐요. 그녀는 피리 연주자[13] 나 불쌍한 창녀로서

13 직업적으로 피리나 하프를 연주하는 여인은 일종의 고급 창녀로서, 『중재 판정』의 하브로토논처럼 연회 때 자신을 고용한 남자에게 성적인 봉사도 제공했다.

온 게 아니니까요.

**모스키온** 다오스, 이번에는 네가 또 사리에 맞는 말을 하는 것 같구나.

**다오스** 잘 검토해보세요. 도련님께서는 상황을 잘 알고 계시리라 믿어요. 도련님을 놀리자는 게 아니에요. 그녀는 집과 애인을 포기했어요. 도련님께서 그녀와 사나흘을 함께 즐기기를 원하신다면, 그녀는 도련님을 정성껏 모실 거예요. 그녀는 그렇게 말했어요. 그래서 지금 도련님께 말씀드리지 않을 수 없었어요.

**모스키온** 어디에다 너를 안전하게 묶어둘 수 있을까, 다오스? 나를 빙글빙글 돌리는구나. 금방 거짓말을 하더니 이번엔 사리에 맞는 말도 하는구나.

**다오스** 제가 조용히 생각하게 내버려두시지 않는군요. 좋아요. 방법을 바꿔 안으로 드시어, 얌전히 행동하도록 하세요!

**모스키온** 너는 가버리고?

**다오스** 물론이죠. 제가 여행용 식량을 들고 있는 것도 안 보이세요?

**모스키온** 너도 들어가면 내게 도움이 될 수 있을 텐데.

**다오스** 기꺼이 그렇게 하죠.

**모스키온** 그래, 결국 네가 이기는구나!

*(모스키온, 뮈르리네의 집안으로 퇴장)*

**다오스** 위기일발이었어. 나는 지금 사시나무 떨듯 떨고 있어. 판단하기가 생각처럼 그리 쉽지 않으니까.

*(소시아스가 외투와 장검을 들고 오른쪽에서 등장한다. 그는 다오스를 보지 못한다)*

**소시아스** 나리께서 외투와 장검을 들려 나를 도로 돌려보내셨어. 무슨 일이 일어나고 있는지, 살피고 와서 보고하라고 말이야. 여차하면 나는 집안에서 샛서방을 잡았다고 나리께 말할까 해. 나리께서 벌떡 일어나 달려오시도록 말이야.
하지만 나리께서는 참 안됐어. 내가 알기로,
이렇게 비참한 나리의 모습은 꿈에도 본 적이 없으니까.
이 무슨 참담한 귀향(歸鄕)이란 말인가!

*(소시아스, 폴레몬의 집안으로 퇴장)*

**다오스** 그 용병 녀석이 돌아온 게로구나.
그렇다면 틀림없이 일이 매우 복잡하게 꼬일 텐데.
하지만 핵심은 아직 말하지 않았어—
나리[14] 께서 곧 들에서 돌아오시면
그분의 출현으로 일대 소란이 벌어질 거야.

*(소시아스, 어깨 너머로 소리치며 집에서 나온다)*

**소시아스** 너희가 가게 내버려둔 거야, 이 고약한 짐승들 같으니라고!
그녀가 문 밖으로 나가게, 너희가 내버려둔 거란 말이야.

**다오스** *(혼잣말로)*
저 녀석이 되돌아왔네. 분통을 터뜨리며. 어디 한 걸음 뒤로 물러서서 볼까.

**소시아스** 그녀는 이웃에 사는 샛서방한테 곧장 달려간 거야. 틀림없어.
우리가 큰 소리로 두고두고 탄식하도록 내버려두고 말이야.

**다오스** *(혼잣말로)*
그 장군 나리는 저 녀석을 예언자로 데리고 다니나봐.
저 녀석이 과녁을 비슷하게 맞히는 걸 보면 말이야.

14 파타이코스.

**소시아스** *(뮈르리네의 집으로 다가가며)*
가서 문을 두드려봐야지.
**다오스** *(앞으로 나서며)*
이 불쌍한 친구야, 원하는 게 뭐야? 어딜 가는 거야?
**소시아스** 자네, 저 안에 사나?
**다오스** 그럴지도 모르지. 한데 웬 참견이야?
**소시아스** 정말이지 자네들 모두 실성했나?
자유민인 여인을 보호자의 의사를 무시하고
자물쇠를 채운 채 감히 붙잡아두다니!
**다오스** 이 더러운 거짓말쟁이 같으니라고!
**소시아스** 자네는 우리가 성깔도 없고
남자도 아닌 줄 알아?
**다오스** 제우스에 맹세코, 하루에 4오볼로스씩 받는 사내들이겠지.[15]
하루에 4드라크메씩 받는 대장[16]이 자네들 같은 자들을 지휘한다면
우리는 힘들이지 않고 자네들과 싸울 수 있을 거야.
**소시아스** 이런 괘씸한 일이 있나! 대답해봐. 자네들은 그녀를
붙잡고 있다고 시인하는 거야?
**다오스** 꺼져버려, 이 친구야!
**소시아스** *(큰 소리로)* 힐라리온![17] 가버렸구나. *(하인 한 명을 끌어내며)* 이 친구가
증인이 될 수 있을 거야. 자네들은 그녀를 붙잡고 있다고 시인하나?
**다오스** 그런 일 없어.
**소시아스** 자네들 중 몇 명은 후회하게 될 거야. 두고 봐.
자네들은 누굴 놀리고 있다고 생각하나? 이게 무슨 장난이야?
우리는 이 망할 놈의 오두막[18]을 당장 힘으로 헐어버릴 테다!
그러니 그 샛서방을 무장시키도록 해!

다오스 참 안됐구나, 이 불쌍한 친구! 그녀가 우리 집에 있는 줄 알고
아까부터 시간 낭비를 하고 있으니 말이야.

소시아스 이들 경방패병들[19]은 자네가 침을 뱉기도 전에 모든 것을 다
약탈해버릴 거야. 자네는 4오볼로스짜리라고 부르지만 말이야.

다오스 그건 농담이었네, 이 똥 처먹을 친구야!

소시아스 아니, 이런 문명국가에서 · · ·

다오스 우린 그녀를 붙잡아두지 않았단 말이다!

소시아스 뭐라고! 창을 들어야 알겠나!

다오스 지옥으로 꺼져버려! 자넨 돌았어.
나 들어가네.

*(다오스가 뮈르리네의 집으로 들어가자 도리스가 그 집에서 나온다)*

도리스 소시아스!

소시아스 도리스, 가까이 다가오면 널 혼내줄 거야.
너는 이번 사건에 누구보다도 책임이 커.

도리스 너에게 유리할 테니 가서 나리께 말씀드려.

15 당시 4오볼로스(obolos)는 용병들이 받는 가장 낮은 일당이었다. 당시의 화폐단위에 관해서는『심술쟁이』주 37 참조.

16 '4드라크메(drachme)를 받는 대장'이란 최하급 장교라는 뜻이다.

17 힐라리온에 관해서는 등장인물 참조.

18 여기서 '오두막'이란 뮈르리네의 집을 말한다. 뮈르리네는 부자인 만큼 소시아스는 화가 나서 그녀의 집을 그렇게 부른 것으로 생각된다.

19 경방패병들은 당시 가장 흔히 볼 수 있던 용병들로, 기동력을 높이기 위해 가벼운 방패와 단검 한 자루와 투창 두 자루로 무장했다.

마님께서 놀라서, 어떤 부인에게로 달아나셨다고!

**소시아스** 놀라서 어떤 부인에게라고 했나?

**도리스** 마님께서는 이웃에 사는 뮈르리네의 집으로 가셨단 말이야—
제발 그만큼 확실히 내 소원이 이루어졌으면 좋으련만!

**소시아스** 그녀가 어디로 갔는지 네가 확실히 알아? 그야 그녀의 애인이 있는 곳으로 갔겠지.

**도리스** 마님께서는 네가 지금 생각하는 짓은 아무것도 하지 않으셨어,
소시아스!

**소시아스** 꺼져버려! 꺼지란 말이야! 거짓말 그만하고!

(여기서 제2막의 끝부분에서 제3막의 첫머리에 걸쳐 60행 정도가 없어졌다. 이 부분에서 도리스는 뮈르리네의 집으로 돌아가고, 소시아스는 폴레몬을 데리러 가고, 이어서 코로스가 등장하는 것으로 추정된다)

코로스의 두 번째 간주곡이 나온다.

# 제3막

(제3막의 없어진 부분에서는 폴레몬과 소시아스가 하브로토논과 몇몇 하인들을 데리고 등장하고, 파타이코스도 등장하여 이들 '군대', 즉 폴레몬 일행에게 폭력을 휘두르지 말고, 먼저 그 이유를 말해보라고 따지는 것으로 추정된다. 하지만 파타이코스가 '군대'와 함께 등장했는지, 아니면 도리스의 기별을 받고 왔는지는 알 수 없다)

**소시아스** *(폴레몬에게)*

그는[20] 뇌물을 먹고, 저쪽[21]에서 온 거예요. 제 말 믿으세요.
그는 나리와 군대[22]를 배신할 거예요.

**파타이코스** *(소시아스에게)* 이봐, 너는 가서 잠이나 자라.
난리 좀 그만 치고! 너는 제정신이 아니야.

20 파타이코스.

21 뮈르리네의 집.

22 앞서 언급된 폴레몬 일행을 말한다.

*(폴레몬에게)* 내 자네에게 말하겠네. 자네는 덜 취했으니까.

**폴레몬** 뭐, 덜 취했다고요? 나는 한 홉[23]밖에 안 마셨는데도요?
불행히도 나는 이 모든 일이 일어날 줄 미리 알고 있었고,
만일의 경우에 대비해, 나 자신을 억제하고 있는 중이란 말이오.

**파타이코스** 다행스런 말이군. 내 충고를 따르도록 하게나!

**폴레몬** 나더러 어떡하라는 거죠?

**파타이코스** 좋은 질문이야. 아까 말하려던 것을 지금 말하겠네.

**소시아스** *(끼어들며)*
하브로토논, 공격 신호를 불어!

**파타이코스** 자네는 먼저 이 녀석과, 이 녀석이 데려온 패거리들을
집안으로 들여보내게!

**소시아스** 당신의 전략은 좋지 않소. *(폴레몬에게)* 우리가 힘으로
함락할 수 있다면 그는 전쟁을 그만두게 될 거예요.

**폴레몬** 그래, 여기 이 양반은 · · ·

**소시아스** 파타이코스 씨 말인가요? 그는 재앙을 가져다주고 있어요
—우리는 지휘자가 없구나!

**파타이코스** 이봐, 너는 제발 꺼지라고!

**소시아스** 꺼지고 있잖아요. *(하브로토논에게)* 나는 네가 뭔가를 해낼 줄 알았어.
하브로토논, 너는 여러 공성(攻城) 전략을 갖고 있어.
기어오를 수도 있고 에워쌀 수도[24] 있으니까.
어딜 가, 이 화냥년? 창피해? 내 말에 기분이 상했어?

*(하브로토논이 폴레몬의 집안으로 뛰어 들어가자, 소시아스와 다른 노예들도 그 뒤를 따른다)*

파타이코스 폴레몬, 만약 자네들이 말한 것과 같은 그런 일이
자네의 결혼한 아내에게 일어났다면 · · ·

폴레몬 무슨 그런 말씀을 하세요, 파타이코스 씨?

파타이코스 그건 중요한 거야.

폴레몬 나는 그녀를 결혼한 아내로 여겼소.

파타이코스 고함지르지 말게나. 누가 그녀를 주었지?

폴레몬 누가 내게 주었느냐고요? 그녀 자신이요.

파타이코스 좋아. 그때는 아마도 그녀가 자네를 사랑했겠지만 지금은 아니야.
그녀는 떠났어. 자네가 그녀를 적절히 대우하지 않았기 때문이지.

폴레몬 그게 무슨 말씀이오? 적절치 않았다니요?
그 말씀이 내 마음을 가장 아프게 하는군요.

파타이코스 자네는 사랑에 빠져 있네. 내가 잘 알지. 그래서 지금 자네는
이런 정신 나간 짓을 하고 있는 거야. 어딜 가는 거야?
누굴 데려오려고? 그녀의 주인은 그녀 자신이야. 실연한
남자에게 남은 것은 한 가지밖에 없어. 설득 말일세.

폴레몬 내가 집을 비운 사이 그녀를 유혹한 자는 잘못한 게 없고요?

파타이코스 그야 잘못했지. 그러니 자네는 그를 만나 따지게 되거든, 법에다
불평을 호소하게나. 하지만 폭력을 쓰면 자네가 소송에서 지게 돼.
그의 잘못은 불평의 대상이지 보복의 대상은 아니니까.

폴레몬 지금도 아니란 말이오?

파타이코스 지금도 아닐세.

23 홉의 원어 kotyle는 정확히는 0.273리터이다.

24 여기서는 성행위를 암시하는 말이다.

**폴레몬** 무슨 말을 해야 할지 모르겠네. 꼭 질식할 것만 같구나.
글뤼케라가 내 곁을 떠났어요. 파타이코스 씨. 내 곁을 떠났단 말이오,
글뤼케라가. 하지만 뭘 할 수 있다고 생각하신다면
—당신은 상냥하고 전에도 종종 그녀와
이야기하곤 했으니까요—가서 그녀와 이야기해보시오.
나의 사절(使節)이 되어주시오. 제발 부탁이오.

**파타이코스** 좋은 생각이야. 자네도 알다시피.

**폴레몬** 당신은 말할 줄 알겠지요, 파타이코스 씨.

**파타이코스** 조금은.

**폴레몬** 파타이코스 씨, 꼭 그래야만 해요. 그게 가장 중요해요.
만약 내가 일찍이 그녀에게 전적으로 잘못했다면—만약 내가
앞으로 그녀를 사랑하고 아껴주고 최선을 다하지 않는다면—
내가 그녀에게 준 장신구와 의상을 보신다면 · · ·

**파타이코스** 그럴 필요는 없네.

**폴레몬** 제발 와서 보시오, 파타이코스 씨!
그러면 나를 더욱더 동정하게 될 거요.

**파타이코스** 이거 원 참!

**폴레몬** 이쪽으로 오시오. *(파타이코스를 자기 집 쪽으로 끌어당기며)*
오오, 그 의상들! 그녀가 그중 하나를 입을 때면
얼마나 아름다운지 몰라요. 당신은 아마 보지 못했을 거요.

**파타이코스** 보지 못하기는!

**폴레몬** 그리고 그녀는 키도 훤칠했어요. 정말 볼만했지요.
그런데 내가 왜 그녀의 키 이야기를 하는 거죠?
내가 미쳤나봐요. 상관없는 일들에 수다를 떨다니!

**파타이코스** 아닐세. 그렇지 않네.

**폴레몬** 그렇지 않다고요? 아무튼 그녀의 의상들을 보셔야 해요,
파타이코스 씨. 이리로 오시오!

**파타이코스** *(단념한 듯)*
앞장서게나. 그리로 가고 있네.

*(두 사람이 폴레몬의 집으로 들어가자 모스키온이 뮈르리네의 집에서 등장하며 그들의 등 뒤에다 대고 말한다)*

**모스키온** 당신들은 어서 그 안으로 꺼져버려. 훼방 놓지 말고!
그자들은 창을 들고 있더니만 내 앞에서 도망쳐버렸구나.
그자들은 제비집도 함락할 수 없을 거야,
사악한 중상모략꾼들 같으니라고!
다오스가 말하기를, 그자들이 용병대를 데리고 왔다고 했는데
그 잘난 용병대란 게 여기[25] 이 소시아스 한 명뿐이잖아!
*(관객에게)* 오늘날 세상에 태어난 수많은 불쌍한 인간들 가운데
—오늘날 온 그리스 땅에는 이런저런 이유에서
그런 자들이 많이도 태어났으니까요—,
그토록 많은 인간들 가운데, 나만큼 비참하게
살아가는 사람은 단 한 명도 없는 것 같아요.
나는 집안에 들어가자마자 내가 항상 하던 일을
한 가지도 할 수 없었어요. 나는 어머니에게 가지도 않았고,
집안의 하인을 부르지도 않았어요.

25 모스키온은 폴레몬의 집을 가리키며 말하고 있다.

나는 곧장 내 방으로 들어가
생각에 잠긴 채 누워 있었고,
다오스를 어머니에게 보내서 내가 집에
와 있다고만 전하게 했지요.
그는 식구들을 위해 점심이 차려진 것을 보고는
내 생각은 조금도 하지 않고 그곳에서
배를 채웠어요. 그동안 나는 누워서
나 자신을 향해 말했지요. "지금 당장이라도
어머니께서는 우리가 어떻게 만날 수 있는지,
내 애인의 전언(傳言)을 가지고 이리로 오시겠지."
나는 내가 하고 싶은 말을 연습하고 있었어요 · · ·

(여기서 160행 정도가 없어졌다. 이 부분에서 모스키온은 글뤼케라가 양갓집 규수로 주워온 아이이고, 자신도 그렇다는 것을 알게 된다. 그러나 그 방법은 알 수 없다. 이어 코로스가 등장하는 것으로 추정된다)

코로스의 세 번째 간주곡이 나온다.

# 제 4 막

(제4막의 첫머리는 없어지고, 글뤼케라와 파타이코스가 이야기를 주고받는 부분으로 이어진다)

**글뤼케라** *(모스키온을 따라 그의 어머니 집까지 왔다고 나무라는 파타이코스에게)*

이것 보세요. 그의 어머니에게로 도망쳐서
내가 뭘 할 수 있겠어요? 하긴 그도 나와 똑같은 처지지요.[26]
그게 아니고, 그의 동거녀가 되려고 그랬다고요?
그렇다면 나는 그 사실을 가족들에게 숨기려 하지 않았을까요?
그도 마찬가지고요. 그런데 그는 무모하게도
나를 자기 아버지 집에 갖다 앉혔고,
나는 주책없이 그의 어머니를 내 적으로 만들어

26 가난하게 자라 군인의 동거녀가 된 그녀와, 부잣집에서 자란 모스키온의 처지가 똑같다는 말은 일종의 아이러니이지만, 거기에는 그들이 사실은 쌍둥이 남매라는 암시도 내포되어 있는 것 같다.

당신들 모두의 마음에 묵과할 수 없는 의혹을 불러일으켰어요.
그러고도 나는 부끄러운 줄도 모른단 말인가요,
파타이코스 씨? 그리고 당신은 그런 말을 믿고
이리로 오셨나요? 내가 그런 여잔 줄 알고 말예요.

**파타이코스** 그럴 리가 있나! 네 말이 사실임을 네가
증명해주기를 바랄 뿐이야. 난 너를 믿어.

**글뤼케라** 그렇다 하더라도 가서 그에게 전해주세요.
앞으로는 다른 여자나 모욕하라고 말예요.

**파타이코스** 그 애가 끔찍한 짓을 한 것은 아닐 텐데.

**글뤼케라** 못된 짓이죠. 날 화냥년처럼 보이게 하다니 · · ·

(여기서 16행 정도가 없어졌다. 이 부분에서 글뤼케라는 자신의 출신에 관해 이야기한 것으로 추정된다)

**글뤼케라** 나는 내 부모님의 유물들을 받았어요.
그것들을 나는 늘 몸에 지니고 다니며
조심스레 간수해왔어요.

**파타이코스** 네가 원하는 게 뭐야?

**글뤼케라** 그것들을 이리로 갖다주세요.

**파타이코스** 그런데 왜 그 녀석[27]과 완전히 갈라서게 되었지?
네가 원하는 게 뭐야?

**글뤼케라** 아저씨, 제발 날 위해 그렇게 해주세요.

**파타이코스** 그렇게 될 거야. 하지만 그건 가소로운 짓이야.
너는 모든 측면을 다 봤어야 하는데 · · ·

**글뤼케라** 내 일은 내가 제일 잘 알아요.

**파타이코스** 그렇다고 생각해? 좋아. 그렇다면 그 물건들이
어디 있는지 아는 하녀가 있어?

**글뤼케라** 도리스가 알고 있어요.

**파타이코스** *(하인들에게)* 누가 도리스를 밖으로 불러내도록 해!
*(글뤼케라에게)* 하지만 글뤼케라, 내가 방금 말한 조건으로
폴레몬과 화해하도록 해!

**도리스** *(폴레몬의 집에서 등장하며)*
마님!

**글뤼케라** 무슨 일이냐?

**도리스** 큰일 났어요.

**글뤼케라** 작은 상자를 내오도록 해, 도리스. 수놓은 옷이 들어 있는
상자, 내가 너에게 간수하라고 맡긴 상자 말이야.
울긴 왜 울어, 바보같이.

*(도리스가 상자를 내오자, 파타이코스가 그 내용물을 유심히 살펴본다)*

**파타이코스** *(혼잣말로)*
원 세상에 이럴 수가!
이 세상에 불가능한 일은 없다니까!

(여기서 7행 정도가 없어졌다)

27 폴레몬.

이건[28] 아까[29] 내가 본 거야. 그리고 옆에 있는 것은
염소나 황소나 그 비슷한 동물이었지, 아마?

**글뤼케라** 아저씨, 이건 수사슴이지 염소가 아녜요.

**파타이코스** 그건 뿔이 나 있었지. 나도 알아.
그리고 세 번째 것은 날개 달린 말이었어.
이것들은 내 가련한 아내가 수놓은 것들이야.

*(모스키온, 뮈르리네의 집에서 등장한다. 그는 처음에는 그들을 보지 못한다)*

**모스키온** 곰곰이 생각해보면, 나를 낳아주신
어머니께서 나와 함께 딸을 하나 낳아
내다버리셨다는 것은 불가능한 일도 아니야.
만일 그게 사실이고, 글뤼케라가 내 누이라면
가련한 내 인생은 완전히 끝장나는 거야.

**파타이코스** 맙소사. 내게 아직도 가족이 남아 있었단 말인가!

**글뤼케라** 계속하세요. 알고 싶으신 게 있으면 내가 알려드릴게요.

**파타이코스** 말해봐. 너는 어디서 이 물건들을 손에 넣었지?

**글뤼케라** 나는 어린아이 때 이 옷들에 싸인 채 발견되었어요.

**모스키온** *(혼잣말로)*
한 걸음 뒤로 물러서도록 해! 나는 지금
내 운명의 전환점을 향해 휩쓸려가고 있어.

**파타이코스** 말해봐. 너는 혼자 버려졌었나?

**글뤼케라** 아니에요. 누가 내 오라비도 나와 함께 내다버렸어요.

**모스키온** *(혼잣말로)*
이제야 내 의문들 중 하나가 풀리는구나.

**파타이코스** 그런데 어떻게 해서 너희들은 서로 헤어지게 되었지?

**글뤼케라** 나는 자초지종을 다 들었으니 말할 수 있어요.
하지만 내 이야기만 물어주세요. 말할 수도 있지만
나머지는 말하지 않겠다고, 나는 그녀[30]에게 맹세했으니까요.

**모스키온** *(혼잣말로)*
지금 그 말도 내게는 확실한 증거야. 그녀는 내 어머니에게
맹세한 거야. 나는 도대체 대지 위 어느 곳에 서 있는 것인가?

**파타이코스** 그렇다면 누가 너를 데려다 길렀지?

**글뤼케라** 그때 내가 버려진 것을 본 여인이 나를 길렀어요.

**파타이코스** 그녀는 네가 버려진 장소가 어디라고, 자신의 기억을 말해주더냐?

**글뤼케라** 그녀는 그곳에 샘이 있었다고, 그리고 그곳은 그늘진 곳이었다고 했어요.

**파타이코스** 너를 그곳에 두고 온 사람도 똑같은 말을 했어.

**글뤼케라** 그 사람이 누구죠? 그래도 된다면 내게도 말해주세요!

**파타이코스** 두고 온 자는 노예였어. 하지만 기르려 하지 않은 것은 바로 나야.

**글뤼케라** 당신이 나를 내다버리셨나요, 내 아버지인데도 말예요?
왜 그러셨죠?

**파타이코스** 살다보면 불가사의한 일도 가끔 일어나는 법이지, 얘야.
너희들의 어머니는 너희를 낳자마자 세상을 떠났단다.
그리고 얘야, 그 전날에 · · ·

**글뤼케라** 무슨 일이 일어났지요? 아아, 떨려요 · · ·

28 옷에 수놓은 형상을 말한다.

29 여기서 '아까'란, 폴레몬이 글뤼케라의 물건들을 보여주었을 때라는 뜻으로 생각된다.

30 뮈르리네.

**파타이코스** 나는 빈털터리가 되고 말았어, 늘 상당한 수입이 있었는데 말이야.

**글뤼케라** 단 하루 사이에요? 어쩌다가요? 아아, 끔찍한 운명이네요!

**파타이코스** 우리에게 생활비를 대주던 배가 아이가이오스 해(海)[31]의
거센 파도에 침몰했다고 들었어.

**글뤼케라** 내게는 비운의 날이었군요.

**파타이코스** 빈털터리가 된 주제에 짐이 될 아이들을 기른다는 것은
완전히 정신 나간 짓이라고 생각했었지.
. . . . . . .[32]
. . . . . . .

**글뤼케라** . . . . . . .[33]
목걸이들과 보석을 박은 작은 브로치 세트도 있었어요,
버려진 아이들을 확인할 수 있도록 말예요.

**파타이코스** 그 브로치 좀 보여줘!

**글뤼케라** 내게는 없어요.
내 오라비가 갖고 있을 거예요.

**모스키온** *(혼잣말로)*
저분이 내 친아버지야, 틀림없어!

**파타이코스** 그 물건들이 어떤 것인지 말해줄 수 있겠니?

**글뤼케라** 진홍색 허리띠가 있었어요.

**파타이코스** 과연 있었구나!

**글뤼케라** 그 위에는 춤추는 소녀들이 수놓아져 있었어요.

**모스키온** *(혼잣말로)*
그래도 모르시겠어요?

**글뤼케라** 그리고 비쳐 보이는 외투와 황금 머리띠도요.
이제 하나하나 다 말씀드렸어요.

**파타이코스** *(글뤼케라를 껴안으며)*

이제 더 이상 참을 수가 없구나, 내 딸아!

**모스키온** *(앞으로 나서며)*

내가 이분의 아들이라면

왜 그들이 나를 포옹해서는 안 되죠?

**글뤼케라** 어머나, 대체 누구시죠?

**모스키온** 내가 누구냐고?

(제4막의 끝부분과 제5막의 첫머리에 걸쳐 100~200행이 없어졌다. 제4막의 끝부분에서는 모스키온이 파타이코스의 아들이자 글뤼케라의 오라비임이 확인되고, 이어서 코로스가 등장하는 것으로 추정된다)

코로스의 네 번째 간주곡이 나온다.

31 아이가이오스 해(Aigaios pelasgos)는 에게 해의 그리스어 이름이다.

32, 33 이 부분은 심하게 손상되어 의미의 재구성이 불가능하다.

# 제5막

(제5막의 없어진 첫머리에서 글뤼케라와 폴레몬의 관계에 대해 글뤼케라와 파타이코스와 모스키온이 이견을 조정한 것으로 추정된다. 그러나 폴레몬은 그것을 모르고 그녀의 본래 신분을 알게 되자, 그녀를 영원히 잃었다고 생각한다)

**폴레몬** 내 손으로 목매려고.

**도리스** 오오, 그러지 마세요!

**폴레몬** 하지만 내가 뭘 하겠느냐, 도리스? 그녀도 없이
어떻게 살아가겠느냐? 세상에서 가장 비참한 내가!

**도리스** 마님께서는 나리에게 돌아오실 거예요 · · ·

**폴레몬** 정말?

**도리스** · · · 나리께서 앞으로 적절히 처신하신다면 말예요.

**폴레몬** 나는 무슨 짓이든 다 할 거야. 네가 좋은 말을 해줬어.
자, 안으로 들어가봐! 내일 너를 자유의 몸이 되게 해주겠다,
도리스. 하지만 내가 무슨 말을 해야 하는지 들어봐!

벌써 가버렸구나. 여보, 당신은 나를 완전히
정복하고 말았소! 그녀가 키스한 것은 오라비지
샛서방이 아니었어. 그런데도 나는 악령처럼,
질투의 화신처럼 다짜고짜 광기를 부렸어.
그래서 나는 스스로 목매려 했던 거야. 당연하지.
*(도리스, 다시 나온다)* 어떻게 됐지, 사랑스런 도리스?

**도리스** 좋은 소식이에요. 마님께서 나리에게 돌아오고 계세요.

**폴레몬** 그녀가 날 비웃지 않더냐?

**도리스** 천만에요. 마님께서는 의상을 입고 계셨고,
마님의 아버지께서는 마님에게 계속해서 묻고 계셨어요.
나리께서는 지금 지체 없이 마님의 행운과 좋은 소식을
축하해드려야 해요.

**폴레몬** 그래, 네 말이 옳다. 요리사가 집안에
와 있으니 그에게 돼지를 잡게 해!

**도리스** 하지만 바구니와 그 밖에 필요한 다른 물건들[34]은 어디 있지요?

**폴레몬** 바구니는 나중에 준비해도 돼.
돼지를 잡으라고 해! 아니야. 내가 잡는 게
좋겠어. 화관은 제단에서 가져다가 쓸래.

**도리스** 그러시면 훨씬 설득력이 있어 보이실 거예요.

**폴레몬** 그녀를 데리고 나오도록 해!

**도리스** 그러잖아도 마님께서는 나오시려던 참이었어요—아버지와 함께.

**폴레몬** 아버지라고? 이 일을 어쩌나?

34 제물의 머리와 제단에 뿌릴 보리와 참석자들이 머리에 쓸 화관과 제물을 해체할 예리한 칼을 말한다. 『심술쟁이』 주 26 참조.

*(폴레몬, 누가 다가오는 소리가 나자 자기 집안으로 뛰어들어간다)*

**도리스** 아아, 맙소사. 정말 짜증 나네. 저 문 삐걱거리는 소리.
나도 들어갈래. 거들기 위해.

*(도리스가 폴레몬의 집안으로 들어가자, 파타이코스와 글뤼케라가 뮈르리네의 집에서 나온다)*

**파타이코스** *(글뤼케라에게)* 너한테서 '이제 화해하겠어요'라는 말을 들으니 내 마음이
흐뭇하구나. 네가 유리한 처지에 있을 때 화해를 받아들이는 것이야말로
네가 진정한 헬라스인이라는 증거지.
누가 뛰어가서 당장 폴레몬을 불러내도록 하라!

**폴레몬** *(자기 집에서 나오며)*
여기 나오고 있어요. 글뤼케라의 행운을 축하해주려고
제물을 준비하는 중이었어요. 그녀가 가족을 찾았다는
말을 듣고는 말예요.

**파타이코스** 그렇다네. 자, 내 말을 들어보게나. 내가 이 애를 자네에게
아내로 주겠네. 적손(嫡孫)을 보기 위해서 말일세.[35]

**폴레몬** 받아들이겠어요.

**파타이코스** 그리고 지참금으로 3탈란톤을 주겠네.[36]

**폴레몬** 고마워요.

**파타이코스** 앞으로는 자네가 군인이라는 걸 잊어버리도록 하게나.
그러면 다시는 경솔한 짓을 하지 않게 될 걸세.

**폴레몬** 그야 물론이죠. 이번에 하마터면 죽을 뻔했는데,
또 경솔한 짓을 할 리가 있겠어요. 나는 결코 글뤼케라를
헐뜯지 않을 거예요. 화해했다고만 말해줘요, 여보!

**파타이코스** 이번에는 자네의 미친 짓이 우리 모두를 위해
행운의 출발점이 된 셈이네.

**폴레몬** 그렇게 됐네요.

**파타이코스** 그래서 자네가 용서받은 걸세.

**폴레몬** 파타이코스 씨, 오셔서 축하연에 참석해주세요!

**파타이코스** 고마우이. 하지만 난 또다른 결혼식 준비를 해야겠네.
내 아들을 위해, 필리노스의 딸을 맞아들이기 때문일세.
오오, 대지의 여신이시여 · · ·

(여기서 몇 행이 없어졌다. 이 부분에서는 파타이코스가 『심술쟁이』 968~969행에서 볼 수 있는 것과 같은 말로, 하늘의 신들에게 감사 기도를 올리는 것으로 생각된다)

## 다른 곳에서 인용된 단편들[37]

단편 1 (391 Kock)

성격이 비슷한 친구는 그만큼 바람직한 법이지.

– 메난드로스의 『삭발당한 여인』에서

단편 2 (392 Kock)

하지만 당신은 그것들을 그 여인에게 보여주며 · · ·

– 메난드로스의 『삭발당한 여인』에서

35 결혼식 때의 상투 문구이다. 『심술쟁이』 842행과 『사모스의 여인』 726행 참조.

36 당시 지참금의 규모에 관해서는 『중재 판정』 134행, 『사모스의 여인』 727행, 『심술쟁이』 843행 참조.

37 이 단편들의 출처에 관해서는 *Menandri Reliquiae Selecta*, recensuit F. H. Sandbach, Oxford 1990, p. 221 참조.

# 참고문헌


## 텍스트

Sandbach, F. H.: *Menandri Reliquiae Selectae*, Oxford 1990.

Krte, A./Thierfelder, A.: *Menandri Quae Supersunt*, Ⅱ, Leipzig 1959.

Arnott, W. G.: *Menander, edited and translated*, 3vols., Cambridge Mass./London 1996ff.(Loeb Class. Library).

Jacques, J.−M.: *Ménandre, Texte établi* et traduit, Paris 1963ff.(Les Belles Lettres).

Lefebvre, G.: *Fragments d'un manuscrit de Ménandre*, Cairo 1907.

Jkel, S.: *Menandri Sententiae, Comparatio Menandri et Philistionis*, Leipzig 1964.

Austin, C.: *Comicorum Graecorum Fragmenta in Papyris reperta*, Berlin/New York 1973.

Kassel, R./Austin, C.; *Poetae Comici Graeci*, 9Bde, Berlin 1983ff..

## 번역

Arnott, W. G.: *Menander*, edited and translated, 3vols., Cambridge Mass./London 1996ff.(Loeb Classical Library).

Miller, N.: *Menander, Plays and Fragments*, London 1987(Penguin Books).

Jacques, J.−M.: *Ménandre, Texte établi et traduit*, Paris 1963ff.(Les Belles Lettres).

Krte, A.: Menander, *Das Schiedsgerichtü*,bertragen u. ergänzt, Stuttgart 1962.

Schadewaldt, W.: *Das Schiedsgericht*, für die Bühne übersetzt u. ergänzt, Frankfurt am Main 1964.

Treu, M.: *Menander, Dyskolos, griech./deutsch*, München 1960(Tusculum).

**주석**

Gomme, A. W./Sandbach, F. H.: *Menander, A Commentary*, Oxford 1973.

Bain, D. M.: *Menander, Samia*, edited with translation and notes, Warminster 1983.

Handley, E. W.: *The Dyskolos of Menander, Introduction, Text, Commentary*, London 1965.

Wilamowitz-Moellendorff, U. von: *Menander, Das Schiedsgericht*(Epitrepontes), Berlin 1925.

**사전**

*Lexicon Menandreum*, curante G. Pompella, Hildesheim/Zürich/New York 1996.

**연구서**

Anderson, M.: *Knemon's Hamartia*, G&R(=Greece and Rome) 23, 165~177, 1970.

Bieber, A.: *The History of the Greek and Roman Theater*, Princeton [2]1961.

Blume, H.-D.: *Menander*, Darmstadt 1998(Erträge der Forschung Bd. 293).

Brown, P. G. McC.: *The Construction of Menander's Dyskolos, Acts I~IV ZPE*(=*Zeitschrift für Papyrologie und Epigraphik*) 94, 8~20, 1992.

Cohoon, J. W.: *Rhetorical Studies in the Arbitration Scene of Menander's Epitrepontes, TAPA*(=*Transactions of the American Philological Association*) 45, 141~230, 1914.

Dworacki, S.: *'Hamartia' in Menander, Eos 65*, 17~24, 1977.

Frost, K. B.: *Exits and Entrances in Menander*, Oxford 1988.

Goldberg, S. M. : *The Making of Menander's Comedy*, London 1980.

Halliwell, S.: *The Staging of Menanader, Aspis 299ff. LCM*(=*Liverpool Classical Monthly*) 8, 31f., 1983.

Handley, E. W.: *Menander and Plautus: A Study in Comparison*(Inaugural Lecture University College London) 1968.

Holzberg, N.: *Menander, Untersuchungen zur dramatischen Technik, Erlanger Beiträge zur Sprach- und Kunstwisssenschaft 50*, Nürnberg 1974.

Keuls, E.: *The Samia of Menander. An Interpretation of its Plot and Theme, ZPE 10*, 1~20, 1973.

MacCary, W. T.: *Menander's Slaves, their Names, Roles and Masks, TAPA 100*, 277~294, 1969.

Maidment, K. J.: *The Later Comic Chorus, CQ(=Classical Quarterly) 29*, 1~24, 1935.

Sandbach, F. H.; *Two Notes on Menander*(*Epitrepontes and Samia*), *LCM 11*,

156~160, 1986.

Walton, J. M/Arnott, P.: *Menander and the Making of Comedy*, Westport/London 1996.

Webster, T. B. L.: *An Introduction to Menander*, Manchester 1974.

West, S.: *Notes on the Samia, ZPE 88*, 11~23, 1991.

Wiles, D.: *The Masks of Menander, Sign and Meaning in Greek and Roman Perfomance*, Cambridge 1991.

Zagagi, N.; *The Comedy of Menander, Convention, Variation and Originality*, London 1994.